16	3	2	13
5	10	11	8
9	6	7	12
4	15	14	1

BEATRIZ BRACHER

AZUL E DURA

editora■34

EDITORA 34

Editora 34 Ltda.
Rua Hungria, 592 Jardim Europa CEP 01455-000
São Paulo - SP Brasil Tel/Fax (11) 3816-6777 www.editora34.com.br

Copyright © Editora 34 Ltda., 2010
Azul e dura © Beatriz Bracher, 2002

A FOTOCÓPIA DE QUALQUER FOLHA DESTE LIVRO É ILEGAL E CONFIGURA UMA
APROPRIAÇÃO INDEVIDA DOS DIREITOS INTELECTUAIS E PATRIMONIAIS DO AUTOR.

Edição conforme o Acordo Ortográfico da Língua Portuguesa.

Imagem da capa:
Elizabeth Jobim, Sem título, 2003, nanquim sobre papel, 21 x 30 cm

Capa, projeto gráfico e editoração eletrônica:
Bracher & Malta Produção Gráfica

Revisão:
Fabrício Corsaletti

1ª Edição - 2002 (7 Letras, Rio de Janeiro),
2ª Edição - 2010

CIP - Brasil. Catalogação-na-Fonte
(Sindicato Nacional dos Editores de Livros, RJ, Brasil)

Bracher, Beatriz, 1961
B788a   Azul e dura / Beatriz Bracher — São Paulo:
Ed. 34, 2010.
168 p.

ISBN 978-85-7326-441-8

1. Ficção brasileira. I. Título.

CDD - B869.3

AZUL E DURA

I. Começo

1. Alpes.. 11
2. A verdade... 13
3. O acidente....................................... 15
4. Faixa de pedestres.......................... 15
5. Jorge 18
6. Lanche... 21
7. Miguel Couto 23
8. Casamento...................................... 24
9. Não vamos embora 25
10. *Cego* 28
11. Hotel Nova Inglaterra 30
12. Nós e eles 33
13. Meu bebê 37
14. Cláudia.. 40
15. Verão 47
16. O peixe vermelho 54
17. Tia Mariinha 57
18. Armários....................................... 60
19. Casais e queijo 62
20. Seu Adolfo.................................... 67

II. Segunda semana

21. Limpeza 73
22. O depoimento.............................. 77
23. Luiz... 82
24. Leis 84
25. O código das andorinhas mães.... 89
26. Seu guarda................................... 91
27. Meu pai.. 95

28. Casa 97
29. Flores na cozinha 101
30. Dona 105
31. Silêncio 108
32. Mundo 111
33. Vó Constancinha 113
34. O ocorrido 116
35. Centro do Rio 121
36. Necessidade 125
37. Peças de Lego 129
38. Na presença do sol 132
39. Bolso do paletó 135
40. O julgamento final 140

III. Fecho

Segunda-feira 145
Terça-feira 148
Quarta-feira 149
Quinta-feira 151
Sexta-feira 154
Sábado 161
Madrugada de domingo 162

Nota da autora 165
Sobre a autora 167

AZUL E DURA

I. COMEÇO

1. ALPES

Estou aqui; meio zonza. Não estranhava a altitude, era jovem da última vez. Estou aqui com minha mala azul carregada de cadernos com anotações antigas e romances já lidos. As roupas da mala vermelha estão no armário. Anotações e livros, este caderno e a caneta.

Enquanto separava pulôveres e ceroulas no verão paulistano, pensava em aproveitar estes dias nos Alpes para fazer um balanço da vida, reler minhas anotações e romances. Dias úmidos de janeiro, sem trabalho e sem filhos, pude arrumar as malas com calma, aproveitando para esvaziar os caixotes da mudança do Rio, jogando fora livros, papéis e roupas que não usarei mais. Armários e estantes ficaram vazios. Toda essa atividade me acalmou, bebi menos. Desencaixotava o passado carioca, ajeitando um eventual futuro paulistano, ao mesmo tempo em que preparava minhas malas para a Suíça. Tentei não pensar sobre o que selecionava, cedi ao tato a decisão — lixo, armário, mala. Refiz as escolhas por três vezes, deixando sempre menos. Quando terminei, senti-me como depois de fazer depilação, poderia passar muito tempo sem pensar no assunto, um tempo infinito até os pelos crescerem de novo. Sísifo de papel e pano. E nesse futuro inevitável, que memórias se terão grudado às roupas e aos livros para que eles tenham que ser novamente jogados fora? Pensava sobre isso, com a mala já arrumada, e foi então que meus ossos se liquefizeram, a tensão cedeu e eu não tinha mais esqueleto a me suportar.

Caminhando descalça pela grama úmida do jardim, com um copo na mão, respirava fundo, olhava o céu sem lua e abafado, o choro foi parando. Agachei-me no granito à borda da piscina, abracei os joelhos e me ninei, balançando o corpo dobrado para frente e para trás, a sola do pé como a base curva de uma cadeira de balanço, como o menino Corleone no *Poderoso chefão*, quando chega a Nova York e o colocam de quarentena na ilha em frente à estátua da Liberdade. Os caminhões na marginal do rio Pinheiros, àquela hora da madrugada, soavam como um mar manso. Um passarinho havia feito o ninho ali perto e cantava comprido, acendi um cigarro e, acho que por conta da violência do choro, a fumaça entrou fundo, reforçando a zonzeira da vodca. Os sentimentos tornaram-se menos graves, o que me dava algum distanciamento para prosseguir em caminhos que, a seco, apavoravam.

As lacunas nas estantes. O que evitara durante esses dias, ponderar sobre os motivos para manter ou descartar, chegava sem pressa. Desejei longe os objetos que me possuíam, possuíam um pedaço, uma memória que não queria mais carregar, um desejo. Lembrança de pretensões agora descabidas e tristes. Recordação do livro que comprei falando alto e rindo e não li; da camisa de seda que ganhei e nunca usei porque não me adapto à transparência; da botina de camurça azul, já velha, que me fazia sentir menina. Objetos prenhes de ambições abandonadas, a tentativa de construir uma mulher da qual me envergonhava porque tão distante da que me tornei. Jogando fora iam junto as expectativas; gostaria que fossem. E o que ficou? Um conjunto único — livros já lidos, roupas escuras, anotações pessoais que sei de cor. Na mala azul, além dos diários, apenas romances dos meus personagens e enredos conhecidos.

Se fosse isso, se fosse isso, apenas isso, que bom seria. Fechar as possibilidades, o querer. Fechar o círculo e viver apenas o que já foi, ler apenas o já lido, vestir apenas o opaco. Penas, morrer de pena de mim pelos motivos já conhecidos, nada acrescentar. Mas faz parte da natureza que os pelos voltem a crescer e de quanto tempo precisaria para voltar a querer? Guardava as bitucas de cigarro para jogá-las depois no lixo, o gelo derretera e sobrava uma vodca aguada. Apesar do calor da noite comecei a tremer. O sol ia longe de nascer, o volume dos carros ainda não tinha aumentado. Com a manhã minha tristeza esmaeceria e eu estaria fadada a me consolar durante o dia. Um ressuscitado que não pode mais viver, e vive.

Vindo para cá, a abóboda já escura e a púrpura do poente subindo através das nuvens com uma nesga de oceano lá embaixo, senti quase felicidade e vontade de escrever.

2. A VERDADE

Preciso separar o torto do direito, procurar a verdade, preciso que a verdade exista, mesmo que seja a verdade do meu mundo e do meu modo. Que não seja apenas coerência. Uma história que se feche, uma teoria que se prove, um discurso que se abra. Não falo de literatura, psicanálise ou filosofia. Todo fim é leve, por ser fim, e a leveza não tem sido meu caminho. Tenho muitas páginas e apenas três semanas pela frente.

As cartas estão na mesa, inclusive o fim. Apenas assim tenho ânimo para passar os dias como se estivesse de férias na Europa com meus filhos. Limpo a casa para o ladrão, diria vovó. Escrevo com essa caneta de cerâmica preta que herdei do vô e com a qual borro tudo. Não estou acostumada à pena já moldada pela escrita de meu avô, mas o final exige certo aprumo e a escrita tornar-se lenta e doer será bom para o raciocínio.

Eu ainda estou aqui, tenho que estar. É da decomposição da primeira pessoa do singular que falo. Preciso ter claros meus objetivos para que isso não se transforme em mais uma alternativa de passado, entre as várias que tenho criado. Não. Minha única chance é dissolver as cartilagens dos passados, triturar os elos forjados a cada novo desejo de futuro, devolver a identidade de fragmento ao que nunca foi conjunto. Sim, estes dias na Suíça, este caderno, isso que começo tem que ser uma realidade-faca. Lerei com ácido minhas anotações antigas. Se do que restar não sobrar mais eu, então veremos. O temor do fim não pode ser maior que a procura. Hoje é segunda-feira e tenho vinte dias, não mais. Tenho quarenta e dois anos e dois filhos. Tomás tem dezessete, Gabriela quinze.

Um último ponto importante antes da vida. Sei que escrevo e escrevo, introduzindo e explicando por que não sei como iniciar e tenho medo de acabar. Adio a última história de mim. Além do medo de entrar nesse mundo de fantasmas, sobra um ponto importante, a depressão. Passei várias vezes por ela e, agora mesmo, apesar de não estar em crise, tomo antidepressivos. É essencial que o que vai aqui escrito não seja fruto da depressão nem do antidepressivo. Ambos geram sentimentos banais. Não são pensamentos, a doença está no comando.

Perco o controle, troco os nomes não só das pessoas como também das coisas e suas funções na frase. Em vez de dizer — você viu a chave da porta? —, digo — você viu a porta da chave? Nos momentos de crise, sou atacada pelas lembranças, muitas delas sem formas, sequer palavras. Vem uma aflição medonha, meu coração aperta, a pulsação aumenta, fico triste. Atravesso a rua e a sensação vai passando. Então lembro de algo ruim que aconteceu naquela esquina, há muitos anos. Nesses períodos ocorre me apossar de memórias alheias.

Nem sempre.

3. O ACIDENTE

Três anos atrás, lá estava, parada num sinal vermelho, meio-dia e meia, Rio de Janeiro, saída da escola. Era um carro novo, automático. As crianças começaram a brigar no banco de trás e ao virar para acudi-las o pé soltou o pedal do freio, o carro moveu-se lentamente e, enquanto voltava o olhar para frente e pisava no freio, ouvi um barulho de impacto de metal no asfalto. Gelei. Minha perna pressionando o freio, meu olhar na rua vazia. Gelei. As pessoas à volta. Foi um momento fechado e silencioso.

4. FAIXA DE PEDESTRES

Logo que nos mudamos de São Paulo para o Rio, quase fomos atropelados justamente saindo do colégio. Quando ia buscar as crianças, parava o carro apenas em locais permitidos. Era comum mães e motoristas estacionarem em fila dupla, na frente de garagens ou nas esquinas, em cima da calçada. Já não sei bem por que fui me tornando cada vez mais legalista, desde que chegamos ao Rio. Tomás e Gabriela, com cinco e três anos, queixavam-se, tínhamos que andar às vezes três quarteirões, enquanto os colegas já saíam da escola quase direto para o carro, evitando a caminhada, escapamentos abertos, cocôs de cachorros, buracos nas calçadas, mendigos. E o calor estupidificante do começo de ano carioca. Por que não parar em fila dupla numa rua já naturalmente caótica? Eu era assim, fui ficando cada vez mais assim. Atravessávamos as ruas na faixa de pedestres e apenas quando o sinal ficava vermelho para os carros. Estava quase no final da travessia de uma avenida de mão dupla, levando Gabriela no colo e Tomás pela mão, quando ouvi uma freada zunindo. Um ônibus avançara o sinal e parara a um milímetro de nós. Estancamos diante daquela parede de metal quente. Quando consegui reagir e andar, gritei para o motorista, que respondeu com uma pisada no acelerador, barulho e fumaça. O coração de Gabi batia a mil por hora, seu corpo amoleceu em meu colo, a mãozinha de Tom ficou gelada. Entramos no carro e a raiva me trincou os dentes, minhas pernas tremiam.

Jorge ficou furioso e tivemos uma discussão que viria a se tornar frequente. Lembro de nós dois, de manhã cedo, no banheiro esfumaçado pelo vapor da água que Jorge deixava escorrer enquanto fazia a barba e pelo meu cigarro, que fumava sentada sobre a tampa da privada, olhando suas costas nuas e a silhueta de seu rosto no espelho embaçado.

— Mas, Mariana, você não olhou antes de atravessar? — perguntou pela décima vez.

— Olhei, claro que olhei, mas o sinal estava fechado para ele. E ele estava na contramão — eu não estava me desculpando, não havia por quê.

Jorge virou o rosto em minha direção enquanto limpava a lâmina na água pelando, tinha alguma coisa de incredulidade no seu olhar que se fixou no meu, tentando entender, e não apenas convencer. O que tinha acontecido com meus reflexos básicos de defesa? Isso não desaparece por uma questão de civismo. Lembro-me desse quase carinho de seu olhar que cedia lugar a uma contenção raivosa.

— Você não pode educar nossos filhos assim. Tem que dizer que é para olhar mil vezes antes de atravessar. Foda-se o sinal. Há motoristas dementes, ponto. Aliás, todos os motoristas de ônibus do mundo, todos, todos os motoristas de ônibus e de fuscas e brasílias são filhos da puta. Não há exceção. Isso as crianças têm que saber de saída. Filhos da puta, débeis mentais! O objetivo único da vida deles é te sacanear e, se possível, te matar. Isso não é para ser discutido, é um fato, é assim, caralho! Eles querem ser você, eles te odeiam, eles querem o que você tem, são covardes, preguiçosos e eles sabem disso. Eles sabem que nunca vão ter o que você tem, eles precisam te fazer mal, é o único jeito de se aproximar, te fazer mal. Não tem saída. Mas já sabemos disso. E se Tomás e Gabriela não sabem é porque eu errei. Miseravelmente eu errei.

Contração dos músculos, o sangue some de sua pele, só aparece misturado com a espuma nos pontos onde a lâmina cortou. Ele já falava consigo mesmo. Desistira de mim e imolava-se no altar de seu deus pessoal.

— Depois do que aconteceu, você deveria falar que foi imbecil ter confiado nessa idiotice de sinal vermelho que você está cansada de saber que não funciona. Que você esqueceu que todos os motoristas são filhos da puta. Que eles, Tomás e Gabriela, erraram, erraram. Isso é o que eles têm que entender, eles erraram porque não ficaram atentos o tempo todo, porque relaxaram. Tem que ensinar a andar atento para não ser assaltado, sacaneado, morto. O tempo todo atento. Não interessa saber o que é certo e errado, isso não existe. Tem que saber o que existe.

Jorge passava loção pós-barba, o que acentuava ainda mais as veias saltadas em seu pescoço magro. A pele do rosto brilhando e seu olhar duro, como se eu fosse mil vezes mais perigosa para Tomás e Gabriela do que o motorista do ônibus. Eu não era essa que o olhar de Jorge me dizia ser, não era excludente defender-se e seguir as regras, aliás nem eram coisas da mesma natureza. Ou eram?

Gabriela dormia, morninha. Seus cabelos pretos e macios, minha menina pequerrucha, tão doce, tão minha. Sentei na sua cama e comecei a lhe agradar para que acordasse devagarzinho. Fiquei com tanto tanto medo ao pensar que poderia perder minha filhota. O pensamento nem se fazia, apenas o medo. Eu realmente fazia mal a meus filhos? Tão duro pensar que Jorge podia ter razão.

5. JORGE

Fazia faculdade de cinema na USP quando comecei a namorar Jorge, recém-chegado do Rio para trabalhar num escritório de advocacia. Eu participava de filmes undergrounds com funções diversas, roteirista, continuísta, assistente do iluminador e do diretor, fotógrafa de cena e o que mais aparecesse.

Queria, gostava, precisava fazer filmes, escrever histórias, estar com amigos, transformar o mundo comigo dentro. Tínhamos alegria e tempo, estávamos apaixonados por nós, por nossa potência intelectual, pelas cores, formas e cheiros do mundo. Um mundo que na verdade não conhecíamos muito bem e nem sei se de fato tínhamos tanto interesse assim em conhecer. Procurávamos volumes e obstáculos que fossem definindo nosso tamanho e que excitassem nosso desejo de mudança, que confirmassem. Não me vem à cabeça o quê. Ia dizer a beleza de nossa juventude, mas não é verdade. Tenho que conter meus quarenta e dois anos quando falo de mim aos dezoito, dezenove. Se não, qual o sentido desse retorno, dessa montagem onde me propus ser a mais honesta possível? Poderia dizer apenas que a menina morreu no acidente, que todo o processo e julgamento foram horríveis, que me separei. Enfim. Esse não deve ser um relato sobre o acidente e o processo que veio depois. Preciso entender quem era quando entrei no processo, para descobrir por que fui tão incapaz e me machuquei a ponto de não me conhecer mais nesse corpo magro que vejo gordo, flácido.

A verdade é que nos esforçávamos, éramos ativos e estudiosos e queríamos fazer bons filmes que dissessem não apenas de nós, mas da cidade e do país. Eu entendia que havia uma cidade e que era possível o contato e a troca. Gostava de dançar forró nos bares de Pinheiros, participava do movimento estudantil e tudo me dizia respeito. O mundo do cinema, aquilo que queria meu, o cinema que me portava para o mundo, o mundo que iria mudar no cinema, esse mundo-cinema foi se revelando avesso ao mundo que não o queria. Um remoinho passou pelo mundo e, na época em que acabava a faculdade, fazer filme virara uma guerra violenta e pobre. Ninguém tinha dinheiro e a discórdia era bacana. A mudança vinha de outros lugares, novos ares invadiam nossa cidade dizendo que a batalha não tinha mais a ver com cinema, quadros ou livros. O mundo dos vencedores era a novidade, e vencer passou a ser sinônimo de ganhar dinheiro. A decadência infiltrou-se e apodreceu as artes não lucrativas. O lado mesquinho das pessoas aflorou vingativo, além das que enlouqueceram. Como diz a cachorra prostituta francesa do canil onde a Dama, de *A dama e o vagabundo*, fica presa — misérrria atrrrai misérrria.

E eu queria tanto o cinema. Nem me lembrava mais disso. Era bom discutir um roteiro, assistir a um filme bonito, ler uma descoberta precisa num texto crítico, ter a chave. Ficava em casa, sozinha, relembrando e decompondo cenas. Esse ar me tornava viva. Mas, quanto mais mergulhava na produção desse mundo, mais esquecia do que fazia lá. E, no final, esqueci por que insistia em algo que todos achavam terrivelmente aborrecido. Paramos de existir, abafados, emburrecíamos. Ao concluir a faculdade e começar a trabalhar, eu queria ser parte da corrente sanguínea do mundo.

Foi então que comecei a namorar Jorge. Seu pai é um importante jurista e, na época do acidente, era ministro da Justiça. Jorge defendera sua tese em filosofia do direito numa universidade americana e agora especializava-se em direito tributário. Tinha ambições intelectuais, mas não se sentia atraído pela vida acadêmica ou pelo serviço público. Talvez o que o conduzisse à advocacia fosse sua personalidade arisca e a crença de que o mundo se faz de conflitos; os acordos só existem porque sempre um ganha e outro perde, não há empate. E seu entendimento de que precisava ser rico para ser livre. Não gostava de vestir terno e gravata, de ter horários e sentir-se parte do que via como uma rotina medíocre de classe média. Detestava o arrivismo dos yuppies, mas apreciava a avidez e o sentido lúdico que eles colocavam na ascensão profissional.

No início costumávamos frequentar o cineclube Bijou, onde assistíamos a *Vidas secas*, depois passeávamos pelos sebos e comíamos sanduíche de filé e banana-split no bar das putas. Histórias ainda o interessavam e suas descrições sobre o trabalho no escritório me divertiam.

6. LANCHE

As crianças chegaram do esqui. Espalham botas, casacos e calças impermeáveis na entrada do chalé e me chamam para tomar lanche. Quatro e meia da tarde e já escurecendo. Mônica veio junto, pois Fernando ainda não apareceu e ela não quer ficar sozinha no hotel. Tomei uma xícara de chá, meu estômago estava vazio, não comi nada desde de manhã, o cheiro do chocolate quente e das torradas besuntadas com manteiga gorda me enjoa. Mônica fala muito, está animada com o início das férias, com o professor tcheco de esqui com quem resolveu ter aulas para poder acompanhar Fernando, Milu e Silvio nos despenhadeiros alpinos. Tomás e Gabriela estão com as bochechas vermelhas do frio. Tom sempre lindo e amável com as visitas. Colocou a mesa do lanche com toalha, pratos e talheres. Eu sinceramente agradeço. Tenho a maior aflição com caixas de leite e de suco direto no tampo da mesa, gotejando, pingos de geleia e bolo esfarelado. O tampo da mesa é de algum material impermeabilizado que imita madeira, não estraga e é fácil limpar. Não há baratas, formigas ou qualquer forma de vida faminta por aqui. Ao invés de amolecerem e se tornarem parte da superfície, as migalhas endurecem estéreis. Mas o ponto não é a higiene, é o caos.

Gabriela se aborrece com Mônica. Quando tinha onze, doze anos a adorava. Mônica, a mãe de sua melhor amiga Carol, era sua heroína, o contraponto de minha casmurrice. Ficava encantada com as roupas coloridas e colantes de Mônica, sua feminilidade agressiva. Achava graça na mãe da amiga ter comentários sempre picantes e ferinos sobre qualquer pequeno evento à volta, nunca elogiava nada e isso deixava Gabriela mais à vontade, o inverso de meus discursos sobre responsabilidade e de minha timidez desajeitada entre as mulheres.

Agora, porém, Carolina e Gabi estão com quinze anos e Mônica se transmutou num ser opressor e patético. Critica as roupas da Carol, diz que a filha é bunduda e está ficando com celulite, que é ridículo fazer reflexos verdes no cabelo. Gabriela despreza Mônica por perceber que a força de sua ironia não ultrapassa o salão, *table-book*, *pièce de conversation*. É curioso como hoje não me fere ou alegra a comparação. Mesmo porque a irritação atual com Mônica não se transforma em admiração por mim. Sou café com leite. Sou a mãe triste porém muito querida que precisa de ajuda. Os dados já pararam de rolar. Assim é a mãe da minha filhota Gabi.

Sentamo-nos em volta da mesa posta e tomamos chá, leite, café, coca-cola, torradas com manteiga e geleia. É bom escrever uma lista extensa de comidas, escritas parecem gostosas. Na verdade tudo me enjoa. Tomo chá preto e brinco de esmigalhar bolo em meu prato. Tomás me observa enquanto finge acompanhar o monólogo de Mônica. Gabriela vai trocar de roupa para sair. Não pede, comunica. Não é errado, tenho confiança nela, mas é pouco educado, me incomoda. Tomás lava sua louça e vai para o quarto. O que Mônica falou e continuou a falar? Acho que sobre sua irritação com o marido, Fernando, que está sempre estressado com o trabalho, mas que aqui acalma, desafiando a gravidade nas pistas. Sobre seus feitos no esqui, ao lado de Milu e Silvio, meus amigos. Meus amigos do mundo que me trouxeram a esse lugar distante.

7. MIGUEL COUTO

Saltei do carro e já se formava uma pequena multidão. Não me lembro do corpo no chão. A cena descrita tantas vezes na imprensa, nos tribunais, o pouco que me lembro e volta em meus pesadelos não vem mais do que vi, vem das falas. Lembro que entre as pessoas que se juntaram estavam algumas mães do colégio, Milu com seus filhos, Joel e Guto, de uniformes suados, o homem do posto de gasolina que sempre me atendia e os meninos mendigos. Lembro da cadeira de rodas tombada, a roda de cima girando bamba no ar, agachado ao seu lado, olhos vidrados, o velho Adolfo tremendo e balbuciando "perdão, perdão Carlota... eu não... não". A próxima lembrança é de Nicole e o pai no banco de trás do meu carro, e eu dirigindo para o Miguel Couto.

Hoje sei que Gabi e Tom ficaram com a sempre presente tia Milu e os primos, que quem carregou Nicole para o carro foi o rapaz do posto. No carro, guiando, era como se estivesse acordando e sabendo que tinha que ir para o hospital, situação de emergência, havia atropelado a menina débil mental do Jardim Botânico — a Nicole que eu conhecia, a filha de dona Carlota —, mas, ao mesmo tempo, vinham imagens da saída da escola com as crianças, a mãozinha suada de Gabriela enquanto atravessávamos a rua, suas carinhas, eu abrindo a porta e a última perna gorducha entrando para dentro do carro. Criou-se um vazio entre o carro cheio das minhas crianças e o carro com uma moribunda e um velho catatônico. Uma sensação de vertigem que não interferia em minha capacidade de parar nos sinais, acelerar, pensar o caminho mais curto, mas que criava um oco apavorante.

Entrada de emergência do Hospital Miguel Couto, enfermeiros fortes e sujos tiraram Nicole do carro. Um corpo mole, a cabeça que pendia para trás nos braços do enfermeiro, o rosto mongoloide sujo de sangue, asfalto e baba. Colocaram a menina numa maca e sumiram. Seu Adolfo ficou ao meu lado, imóvel. Ficamos imóveis, um sentindo a presença do outro e não querendo estar com ninguém naquele momento, quanto mais com ele, com ela, o pai de quem atropelei, a mulher que atropelou minha filha. Havia tanta gente nessa entrada de emergência, tanta confusão, parecia um pouco a entrada dos fundos de um restaurante, pois havia também sacos amarrados, latões, caminhões e ambulâncias, e muita gente andando, outras encostadas na parede enquanto fumavam e conversavam. Eu costumava passar em frente a essa entrada vindo da Cobal, onde caminhões descarregam legumes, frutas, carnes, e na minha cabeça ficou tudo misturado e sujo. Não sei como os enfermeiros conseguiram sumir ou como os policiais notaram nossa presença. Fomos levados à recepção e, no tumulto, Seu Adolfo e eu formávamos um par, nos conhecíamos no meio de estranhos, estávamos lá pelo mesmo motivo. Ficamos na fila, preenchemos a ficha de Nicole. Seu Adolfo ia falando e eu escrevendo, nome, endereço, idade, 19 anos. Os policiais mandaram esperar, não entendi o que nem para quê, mas esperamos no grande saguão de entrada abarrotado de conversas, saliva, suor e cheiros. Minhas pernas fraquejavam, comecei a suar frio e, deslizando pela parede de azulejo encardido, agachei-me no chão, a cabeça entre os joelhos.

8. CASAMENTO

Jorge e eu nos transformamos. Fomos virando polos invertidos do mesmo ímã. Casamento. Para onde um seguia o outro se afastava, o outro temia. Temia o outro. Jorge foi percebendo a literatura, os filmes, a ficção enfim, como algo que corroía a ira necessária para a vitória. Eu fui precisando cada vez mais da ficção para manter-me ao seu lado. Quando nos casamos, estar com Jorge era estar com o real. Jorge era parte ativa do mundo existente. As empresas existiam, os jornais falavam delas e de quem as criava, com elas os governos interagiam, delas vinham as greves e os produtos. As pessoas tinham empregos, batalhavam por eles, ganhavam e perdiam, insistiam. Jorge estava em contato com o mundo, não com o pensamento sobre o mundo.

Da tensão de Jorge com esse mundo surgiam conversas emocionadas. A passagem de filósofo do direito para parte ativa e bem-sucedida não se deu com naturalidade. No início do casamento, antes do nascimento de Tomás, Jorge ainda tateava nos gestos e nas falas, construindo o protagonista de uma história de resistência. Resistência ao charme da decadência, à vaidade da ficção. Nesse momento Jorge temia a si mesmo acima de tudo, por isso foi controlando e extinguindo a ironia de seus comentários sobre o escritório, seu temor de transformar-se num advogado bem-sucedido, casado, pai de um casal de filhos.

Eu não percebia a mudança, não como descrevo agora. Sentia tesão por Jorge e tensão com Jorge. Era uma época onde o mundo me interessava, principalmente o que me trouxesse sentimentos intensos.

9. NÃO VAMOS EMBORA

Jorge chegou no hospital de terno e gravata, limpo, grande, suas passadas ecoando forte, sobrancelhas franzidas e punhos cerrados, um guerreiro pronto para o ataque, o movimento rápido dos olhos revelava um medo perigoso. Eu, de cócoras, suada, no meio de pessoas todas tão baixas e morenas, me senti parte do mundo ao qual Jorge parecia imune, vindo me salvar, mas, por um instante, fiquei com medo de que não quisesse ser salva. Foi um sentimento que se dissipou quando seu olhar me encontrou e reconheci meu marido aflito. Ele me levantou, nos abraçamos e lembrei de quem éramos. Seu Adolfo, ao lado, contraiu os ombros e abaixou a cabeça.

Percebi a presença de Luiz, com um terno inglês impecável e sapatos macios, quando já me apertava as mãos. Amigável e conciso, perguntou sobre o acidente, testemunhas e policiais. O foco voltou e deixei de ser parte da massa doente. Luiz é advogado e trabalhava no escritório de Jorge. Cumprimentou seu Adolfo com os olhos e um breve aceno de cabeça, mãos para trás. Lamentou o falecimento de Nicole.

A expressão de seu Adolfo, encolhido diante daqueles homens educados, se alterou. Nicole estava morta; precisava fazer não sabia o quê. Começou a falar, a gesticular. Luiz explicava — atestado de óbito, IML, enterro —, tomaria conta de tudo, que tivesse calma. Falava claro e baixo. Sua mão tratada segurando o braço velho de seu Adolfo me oprimia. Tantas pessoas naquele saguão, gente entrando e saindo, talvez Luiz estivesse enganado. Como ele podia saber que era mesmo Nicole? Ele acabara de chegar, por que já sabia mais do que eu, que estava lá antes? Eu devia abraçar seu Adolfo? Dizer sinto muito? Seu olhar saltava de Luiz para Jorge e para mim sem se fixar, nem nos encarar, enquanto prosseguia sua fala confusa. Como eu vou pegar Nicole no IML? Eu não sei onde é o IML. Tem que levar algum documento até o IML, eu não tenho o documento. A voz de Luiz era cada vez mais baixa. Nós vamos ajudá-lo, não vamos embora.

Seu Adolfo agitava-se, seu olhar não parava quieto.

— Olha só o que aconteceu! A cadeira caiu, ela estava com a roda bamba, mas a culpa foi do carro. Olha o que aconteceu! Por que o carro andou? Não fui eu que fiz, eu não amarrei a menina, ela não gostava, mas não fui eu. Olha o que vocês fizeram! E agora? Cadê o documento? Eu não tenho nada com a polícia, mas como eu vou embora sem a Nicole? Como eu vou fazer com ela agora que a cadeira quebrou? Eu não tenho dinheiro. Não tenho nenhum, nada nadinha.

Ele gesticulava e balançava o corpo, seu tom de voz oscilava. Eu estava agitada também, tinha ímpetos de abraçá-lo, conter aquela confusão, sussurrar baixinho — já vai passar, já vai passar. Lembrava-me do rosto de Nicole nos braços do enfermeiro, baba, sangue e asfalto, vinha um calafrio de ternura e asco por Nicole, por seu Adolfo. Ele movia-se cavando um buraco, afundando-se na exposição de sua miséria, eu queria fugir, poupá-lo de nossa vergonha. Luiz segurou firme seu braço e o olhou nos olhos, ele emudeceu, eu calei.

— Nós vamos ajudá-lo, entende? Mas precisa ficar calmo, precisa parar de falar.

O corpo de Nicole no asfalto é uma imagem inexistente, a chegada dos dois é cheia de detalhes nítidos que quero e não consigo esquecer, e arde. Meus ombros se contraem e vem uma vergonha triste quando me lembro. De quê? Acho que vergonha de ter-me sentido protegida pelo abraço de Jorge. Tenho saudades desse último segundo de quem fui.

10. *CEGO*

Ser parte do que será, dependendo de como fizermos. Não ocupar o lugar delimitado para o final previsto. Hoje penso que o sofrimento depende de uma narrativa. De um desejo não satisfeito, uma expectativa quebrada. Apenas na quebra descobrimos a expectativa, a consequência pede a causa, cada final cria seu início. Acordamos caindo de um precipício e, com o coração aos pulos, vamos montando a corrida desabalada, o monstro invencível, o final da curva onde nos deparamos com sua sombra. A escrita perverte a história, semeia o sofrimento onde havia apenas distração.

Procuro na mala anotações sobre os dias após o acidente e acho as fichas onde organizamos o roteiro do *Cego*. *Cego* foi nosso trabalho final na faculdade. Um curta-metragem. Revejo as fichas em que anotávamos as cenas. Leio na minha letra conceitos e frases, autores de nomes impronunciáveis. Leio, mas qual a importância? Sei que ainda existem pessoas para quem isso faz sentido. Não encontro a fagulha.

São fichas de papel-cartão pautado e retangular, com uma linha vermelha delimitando o cabeçalho. Releio nesse chalé suíço várias fichas com letras descoloridas. Canetinhas hidrográficas de florzinhas. Cada detalhe nessas fichas parece importante, mas não forma um conjunto. Lembrar-me dos estojinhos de plástico duro onde vinham cinco dessas canetinhas, reparar no amarelado do papel-cartão das fichas, na linha vermelha do cabeçalho, na letra de forma sem maiúsculas, apesar dos pontos finais. Por que era moda não usar maiúsculas? Por que não usávamos conectivos? Não saber mais da aversão às maiúsculas tem o mesmo peso do não saber da relevância dos conceitos, nostalgia.

Cego contava a história da produção de um documentário sobre um dia na vida de um cego que sai da favela beira rio, onde mora, e vai esmolar numa feira nas alamedas ricas de São Paulo. Arte sugando miséria. As cenas do documentário seriam em preto e branco, neorrealismo italiano; as da produção do documentário, em cores, pop psicodélico. As cenas em preto e branco se comporiam de nuances, infinitos cinzas, profundidade. No documentário a perspectiva ainda era possível. O céu aparece enorme, céus das gravuras de Frans Post, um Brasil antigo de muitos espaços, nuvens e telhados, os caminhos de barro se espichando lá longe, por entre casas da favela; movimento da câmera constante e suave sem denunciar o sujeito que olha e conta, compondo quadros além da cena principal, tom de teatro. Cartier-Bresson e De Sica, porém com cinismo. Nesse sensível mundo preto e branco há poucos personagens e quase nenhuma trama. Contraste.

As cenas sobre a produção do documentário seriam multicoloridas, uma cor invadindo a outra, como corpos sem limites, sem meios-tons, apenas brilhos intensos movendo-se. Porque tudo brilha nada tem peso ou volume, só movimento. Movimentos rápidos e abruptos, foco entrando e saindo, enquadramentos que cortam pés, braços, olhos, câmera na mão atribuindo veracidade e intimidade. Cinema Novo ao avesso, utilizar seus gestos desabusados denunciando a riqueza dos meios. O mundo colorido é cheio de nomes e intrigas. Os da favela e nós, da filmagem; deslumbramento com a beleza, alegria com o trabalho. Comunhão.

A história do filme termina com o sucesso do documentário e o abandono do cego. A cena final será um plano aberto ao alvorecer, será colorido com as nuances do preto e branco, um céu claro, suave, sons de pássaros, o caminho

de terra, o barraco, os barracos vizinhos, e, no centro da tela, uma casarota um pouco afastada do barraco do cego. A casarota está com a porta aberta e lá dentro é escuro. A câmera se aproxima e percebemos que é um banheiro, o cego está sentado no vaso. Chegamos mais perto e vemos o rosto do cego, nítido e iluminado, hiper-realismo. Ele dirige os olhos para nós, olhos branco-azulados de cego, ouve-se um ploft e a voz do cego:
— Caguei.

O filme estava pronto, só faltava filmar, montar, fazer.

As sequências que vivi com Jorge estão embaralhadas, algumas nítidas e até com cheiro mas sem continuidade, sem antes ou depois, ou com o antes e o depois fora de ordem. As sequências que quis filmar, o som das cenas do filme *Cego*, eu lembro inteiras, começo meio e fim e nessa ordem. Não gravamos a trilha sonora, esse som nunca existiu, talvez por isso, preservado da emissão, salvou-se intacto.

11. HOTEL NOVA INGLATERRA

Roteiro, fichas, texto, copiar é fácil. Estava tudo lá, fichas intercambiáveis. O que vem primeiro? A equipe chegando ou o cego cagando? E minhas fichas, como fazer? Que ordem dar? Tomás nascendo ou Nicole morrendo? Para que esse monte de papel, essa mala azul vomitando passados? Copio, lembro, interpreto, conto daquele tempo nas salas de aula, daquele ar com cheiro de halls mentoliptus, do meu tesão, do cheiro de meu sexo latejando. Mas e quando acaba o texto a se quebrar? E quando já quebramos de todas as maneiras possíveis o texto escrito por Deus para nós, o texto visto pelas Moiras de um olho só, o texto tramado sei lá por que figura mítica, por que tartaruga milenar, por que autor maluco que escreve sempre e sempre por linhas tortas? Ele escreve certo? E eu? Escrevo torto, borrado, nem sequer entendo minha letra. Meu caderno não é pautado. E quando? E aí? E quando tudo se embaça, minha letra, a visão, a vodca acabou. Não vou tomar perfume, nunca experimentei. Não que não seja alcoólatra, sou rica. Mas hoje, apesar de rica, sou desprevenida. Fui, Mariana, fui, esse é o tempo certo do verbo. Pretérito perfeito. Tempo do verbo. Tempo. Verbo do tempo. No verbo começou o tempo. E como gente de um olho só enxerga? Sem terceira dimensão, sem volumes, folhas de pessoas, pássaros, céus, pessoas escritas no ar. Odin tinha um olho só, só um olho enxergava. Ele perdeu o outro procurando a sabedoria. Não sei como foi. Já soube. Soubera tempos atrás. Tempo do verbo, tempo em que o verbo criava luz nas trevas. Agora o verbo vai escurecendo a vida. E então sobraram dois corvos, um era a memória e outro o pensamento. Vou conferir com Gabi essa história de Odin, ela é minha memória. Filha, já vi esse filme? Ela traz a fita de vídeo com um filme que adorei e até o final continuo perguntando, mas filha, tem certeza que eu já tinha visto esse filme? Como é possível, hein? Ela nunca tinha visto o filme, mas sabia-o de cor e salteado. Eu contara. Um filme de uma moça cega que sabe muito bem andar na casa dela. Chega o vilão para matá-la. A casa é num subsolo. Ela, depois de várias peripécias, quebra todas as lâmpadas da casa, fica em vantagem na certeza do escuro. Relaxa. O assassino abre a geladeira, a luz do armário frio que preserva a morte das coisas ilumina as trevas e, mais apavorante de tudo, a cega não se dá conta que perdeu sua vantagem, a treva. Gabi conta que teve pesadelos a infância inteira com essa cena que nunca tinha visto, apenas ouvido com minhas palavras. Mas não fui capaz de lembrar, desculpe, Gabi. Sou uma cópia de filme mal conservada, o mofo estragou minha matéria, muitos fotogramas se perderam. Papo de bêbado. Pior que bêbado de bar. Bêbado de chalé suíço. Morei numa rua em São Paulo que tinha muitos chalés suíços, mas não era como este. Eram, olha o plural Mariana, vai virar dessas paulistas italianadas, é? Pelamordedeus minina, perca tudo menos a dignidade. Nada é como esse chalé. Frio e vazio. A vodca acabou antes de me derrubar. Que mais tenho? Que mais essa casa feladaputa de madeira tão aconchegante tem? Nem perfume. Há coisas esquecidas, há coisas de vivências anteriores. Quem sabe um Chanel nº 5 para aquecer minha nudez. Meus pais. Meus pais tinham uma chave que quebrei. Não me lembro de que porta era a chave. Quebrou o copo, merda! Molhou o papel e borrou tudo. Quando escrevo me voltam os pensamentos que tinha e me insuflo. Ar podre. Lá fora neva, é de noite e meus filhos saíram. Sinto enjoo de mim. Por mais que entenda as coisas, não posso deixar de me emocionar cada vez que o grotesco das máscaras necessárias torna a se revelar em sua crueza e lógica. Grotesco das máscaras necessárias? Machado de Assis a essa hora da madrugada? Em que conto? "Pai contra mãe"? Que pai? O branco caçador de escravas fugidas que se não conseguir a recompensa por essa terá que colocar seu filho na roda? Que mãe? A escrava grávida fujona, a mãe de todos? Que aborta e aborta e aborta? Não quero o sangue do aborto e da menstruação. Quero barriga e não ossos. Mas barriga redonda, alta, barriga que dá chutes e pulsa, não essa maçaroca cheia de estrias e morta. Preciso de sangue novo, quero o acontecimento, a espera da vida, quero um nenê e quero uma mamãe. Uma mãe gorda com peitos para eu encostar minha cabeça. Você sabe, eu não sei de nada, não quero nada. Olha só o que aconteceu, o copo vazio quebrou, há cacos espalhados pelo chão. Cato um afiado e arranho devagar meus pulsos, com caco de telha, com caco de vidro. Brincadeira idiota. Qual poeta escreveu com seu sangue nas paredes de um hotel um poema enquanto se matava e o Maiakóvski, que depois também iria se matar, ou Fernando Pessoa, escreveu um poema que dizia algo como "haveria mais poetas no mundo se houvesse mais tinta no hotel Nova Inglaterra?". Não sei. Provavelmente mais "poetas na terra". Rima. Provavelmente Fernando Pessoa, hotel Nova Inglaterra é bem coisa de português. Ainda não acabei de escrever, preciso parar com essa brincadeira, está ardendo e o sangue saindo devagar, como raladura em joelho de criança. Seria tão fácil, nunca pensei que pudesse ser tão fácil. Apenas uma pressão mais forte, o caco entra e rompe a veia, e não apenas essa raladura mensal, menstruário diário, coito diário. É fácil, só pressionar com um pouquinho mais de força. Assim, doendo degavarzinho e bom. É fácil mas não é. Não é agora. É docinho, tenho fome.

12. NÓS E ELES

Manhã de ressaca velha. Lembrar dói. A vodca facilita, mas não ajuda, ou vice-versa. Devagar, para não doer a cabeça, organizo as fichas e anotações do roteiro. Leio num caderno espiral, com desenho psicodélico na capa, o diário das filmagens. Vou indo, seguindo o que já foi, só contando o acontecido, sem saltos ou sustos, sem cacos de vidro, não, sem cacos de telha, sem Luiz Melodia, assim devagar e pela metade acho que consigo chegar. Minha boca guarda o gosto ruim da bebida, os pulsos cheios de casquinhas. Enquanto durarem mantenho-me sóbria. Tenho que me ater, atar-me, ao já escrito, se quero chegar ao fim.

Você lembra? A equipe de nosso filme, nossos personagens-nós, chegaria na favela com equipamento de cinema, câmeras, fios, luzes, e seríamos jovens legais, bem intencionados e bonitos. Haveria cenas de espanto e agitação que aproveitaríamos para inserir no filme. Não tínhamos dinheiro para pagar os figurantes, nós de carne e sangue, portanto a colaboração espontânea dos de lá era essencial. Íamos morar uns quinze dias na favela, num boteco que alugava quartos, um sobrado de alvenaria sem pintura. O bar ficava no térreo com mesas de sinuca ao fundo e no andar de cima havia uns dez quartos separados por lâminas de compensado. As putas ocupavam a maioria dos cubículos. Quem éramos? Os de carne e sangue, quem fomos? Certamente não o que houvera de ser. Não os nossos personagens. Os olhos do povo de lá nos transformaram em detalhes inesperados, ângulos que não conhecíamos. Eles nos revelaram e não nos reconhecemos. Miúdos e insossos.

Com quarenta e dois anos volto a ter espinhas que não tive quando. Cutuco, espremo, dói, sangra e cutuco as casquinhas que se formam. Arranco sangue coagulado, preto. Uma dor boa, arrancar as casquinhas nos pulsos, acidente de percurso. Tudo se prepara para sair e não sai, fica grudado, encovado, entocado, toco e cutuco, mas os cravinhos não saem inteiros, partem-se e sua raiz continua lá dentro, sob a pele do meu nariz, próximo à boca rachada, ao lado da nascente de minhas orelhas. Arranco com os dentes as peles secas de meu lábio, sangra um pouquinho, não o suficiente para escrever um poema. Sempre sangra um pouquinho, sangue nunca é morto. Nunca é só pele, é um pouco carne. Pele é carne, casca é fruto. É o que protege e separa, mas é corpo, não só capa. Furar a casca para achar o dentro, para descobrir a verdade, mas a casca já é verdade. E de qualquer forma se rasgo o fora, o dentro se transforma no fora no instante preciso em que encontra o ar, em que meu olhar o encontra, nesse instante ele já está se coagulando, se tornando avesso, casca. Os pelos encravados, aqueles que sempre voltam a crescer, esses eu puxo com pinça, principalmente os pentelhos e dois grossos pelos portugueses que nascem em meu queixo. Nada sai por si. Tenho que arrancar. Mesmo as regras. O sangue mensal não sai inteiro. Mês a mês sobra um pouco lá dentro adensando a parede do meu útero, sua casca, essa casa sempre à espera de novo hóspede que não vem, fazendo-se alimento e cama para quem não virá, porque nesse fazer, nessa espera mensal, suas paredes vão se tornando tão ricas e densas que não cabe mais ninguém, a espera, as paredes mensais que não se desfazem, a espera ocupa o lugar daquilo que espera. E o que vem aos borbotões são as espinhas, cravos, dor de cabeça. Uma história previsível. Feminina, demasiadamente.

Espremo de mim fracassos orgulhosos. E o problema ora parece estar no orgulho, ora no fracasso. Hesito e, sem qualquer dorzinha boa, forço a sair o relato de quem fui.

Não sei quem fui. Desempenhei o papel de quem tenta organizar e fazer. Tia Mariinha. Mas não me enxergava assim. Vinha de muita literatura russa e francesa do século passado ou retrasado. Romances nos quais sempre havia o estudante pobre que morava num quarto alugado sujo. Um estudante tenso que evita a gorda senhoria etc. No quarto gelado, enquanto o samovar fervia, ele solitário, com luvas furadas, alucinava sobre a ironia do destino humano. Essa era eu, naquele mês gelado, seco e poluído na favela do Jaguaré.

Uma Kombi nos deixou em frente ao Paraíso das Delícias ao amanhecer. O gordo seu Artur, detentor das chaves do céu, nos rechaçou, não queria cabeludos; as crianças na rua nos cercaram e começaram a se achegar e mexer nos

equipamentos espalhados no pó. Eduardo, um dos jovens-
-nós, berrou que fossem embora, some, sai. Os meninos pararam, recuaram, olharam-se, e um deles apontou Eduardo
e perguntou se ele era homem ou mulher, por que usava
cabelo comprido e camisa rosa, começaram a rir e dançar
nos rodeando, mulherzinha, mariquinhas, mulherzinha,
mariquinhas, mulherzinha. Uma caminhonete caindo aos
pedaços passou rente a nós levantando poeira e soltando
fumaça, tudo preto, sujo, errado. As crianças sumiram, um
pé do tripé ficou amassado. Eram sete da manhã e o bar
estava cheio de homens tomando média, pinga e pão, olha-
vam-nos distraídos.

Como na cena em que Scarlett O'Hara está sendo atacada por ex-escravos, no *...E o vento levou*, avistei o jardi-
neiro de meus pais vindo em nossa direção. Não sabia que
Francisco morava lá, nem sequer que não era apenas jardi-
neiro, mas um empreiteiro que intermediava serviços de
todo tipo. Por que eu não tinha pedido ajuda a ele? Para que
dormir naquele lugar? Não estava certo, não era seguro, e
depois não era limpo e não ia dar certo. Como explicar sobre sentir a dor local? Entrei com Francisco no boteco e
agora seu Artur me olhou nos olhos. Já eram dez da manhã
quando levamos os últimos equipamentos escada acima
para os cubículos que chamavam de quartos.

Sentei cansada na rede e olhei em volta. Nosso quarto
não tinha janela! Nunca tinha visto isso na vida, não podia
ser, pareceu-me uma coisa impossível, precisava avisar seu
Artur que ele havia esquecido a janela, que não podia ser
assim. Não era ruim, era errado, inexistente, como um
dragão. Como chamar uma cadeira de mesa. Aquilo, muito estreito e alto, cercado por compensados manchados e
cheios de pregos, com restos de fotos de revista colados,
com ganchos de rede na laje do teto, aquilo não era um

quarto ruim, aquilo não era um quarto. Podia ser um armário, por exemplo. Comecei a achar que estava faltando ar, que iria sufocar, apesar do vento frio que entrava pelas frestas da madeira junto com sons de passos, vozes e escarros. As coisas não são nada por aqui, apenas a função delas as definem e não algo mais essencial e estável como forma, cor, espessura. Desci e me sentei num caixote unindo-me aos outros na mesa e na cerveja.

Eles conversavam sobre as locações, o melhor barraco para ser o do cego. Duas meninas do lugar mascavam chiclete com a boca aberta, riam risos brancos e abaixavam os olhos com malícia. Uma delas me olhava como se eu devesse desejá-la. Lambia o bigodinho deixado pela cerveja com uma língua só vermelho e me dava uma piscadela. Alguma coisa tinha se perdido, faltava. Por que queríamos fazer um filme de cego pobre?

13. MEU BEBÊ

Ser parte, ter uma função clara, igual, ter gestos, pensamentos e preocupações iguais, iguaizinhas a todas as mães na sala de espera do pediatra, na feira com o carrinho de bebê, sorrindo orgulhosa dos elogios ao filhote, com sacolas cheias se enchendo, na cadeira do quarto cheirando a fralda descartável gostando tanto, tão quentinho, de amamentar meu nenê que me olha fixo e com a mãozinha tenta segurar meu peito, acariciando-o, que dorme quente.

Estar dentro do que é e do que sempre foi esperado. Vó Constancinha, quando eu tinha sete anos, me ensinou a fazer bainha em lenço de cambraia; mamãe mostrou como arrumar a mesa e organizar o serviço da casa; tia Cíntia me deixou ninar a priminha enquanto molhava com a língua uma lãzinha vermelha para colocar na testa da nenê com soluço; bivó Elisa me contou da importância de enterrar o resto do cordão umbilical, principalmente se fosse de uma menina, sob um pé de roseira para que ela crescesse com a pele macia; vó Consuelo recomendava sempre, com um dar de ombros amargo pois não colocava muita fé em mim, que antes de casar a mulher não deve correr atrás dos homens mas fazê-los vir, depois de casada deve estar sempre banhada e perfumada para esperá-lo chegando cansado do trabalho; no departamento homens, vó Constancinha enfatizou bem, com seu contido olhar cinza claro, que quando um homem grita nunca devemos baixar ao seu nível, mas sim ficar quietas, em silêncio mortal; a professora de geografia, no ginásio, diminuiu a nota da minha amiga pelo desleixo na letra, as meninas devem ser mais caprichosas que os meninos; e a freira do maternal disse zangada que eu parecia um menino pois ria demais e muito alto.

Se havia verdade em minha resistência, e quase dó do anacronismo dessas falas femininas, quando Tomás nasceu toda a potência se voltou para proteger e criar meu filhotinho e as vozes passaram a fazer sentido, eu continuava a história das mulheres da minha família. Tomás iria crescer exatamente da mesma maneira que os bebês crescem e não era eu que estava no mundo, Tom e eu éramos um mundo, imenso e protegido, igual a todos os outros criados antes e depois de mim. Nós fazíamos parte do universo.

Quando engravidei, estava trabalhando na montagem de um longa-metragem. Passava a noite defronte à moviola pondo para frente, para trás, parando, acelerando cenas que via pequeninas no monitor. Cortava uma sequência, colava com outra acontecida dez anos antes, voltava para cinco anos após. Trabalhava a madrugada toda e voltava caminhando alegre para casa, na contramão da cidade que acordava. À tarde passeava no Ibirapuera, já meio devagar e, com o andar de pata das grávidas de oito meses, pensava feliz que Tomás seria diferente das outras crianças. Não iria ficar brigando, brincando barulhento e lambuzado no parquinho de balanços, escorregadores, sorveteiros, biscoiteiros, mães fofoqueiras e babás displicentes. Aquelas crianças eram mimadas e carentes. Tomás viria ao parque para passear entre as árvores, ia gostar do sol e dos silêncios. Lia *Nascer sorrindo* (parto na penumbra), *A criança saudável* (o despertar da personalidade cósmica na criança), *Emílio ou Da educação* (o homem nasce bom e a sociedade o corrompe), e imaginava meu filho pairando acima e além das pequenezas do cotidiano. Ainda não percebia em mim o efeito dos cochichos femininos sussurrados ao longo de minha infância e adolescência. Cuidava da saúde do bebê, nadava, comia alimentos naturais, fantasiava seu futuro num mundo de ar e não preparava sua chegada nesse chão onde as gerações se sucedem. Minha mãe, tias e avós cuidaram de tudo — camisinhas de pagão bordadas com pequenas flores sobre uma opala pele de ovo, xales tecidos pela tia-avó em técnica herdada da tia-bisavó, sapatinhos de lã de todas as cores, cueiros de flanela macia e florida, lençóis de linho já gasto para não irritar a pele do bebê, berço há gerações na família, cadeira de amamentar onde a avó havia sido amamentada. Ainda num espírito mais para *Emílio ou Da educação* do que para *Meu filho, meu tesouro* (como cuidar da assadura no bumbum do nenê), eu não percebia a densidade desses preparativos e o quarto do bebê foi se enchendo de tradições.

Na maternidade, o pequeno Tomás entrava no quarto nos braços de Jorge para mamar e me sugava com força, olhinhos e mãozinhas ainda fechados. As visitas, Jorge, os doces, biscoitos, sucos e cafezinhos, guardanapos de linho e colherzinhas de prata, misturavam-se como sonho, alguém estava tomando conta. Quando cheguei em casa passei do entorpecimento coletivo para um transe privado. Durante o primeiro mês não me dei conta de que Tomás era um ser separado de mim. Saía de casa apenas para passear com meu Tom e só até as nove horas, aproveitando o sol bom. Bebia cerveja preta, tomava canjica e suco de beterraba para o leite não faltar. O sono de Tomás era o meu. A vida era feita de vento, calor, frio, assaduras, cocô, cicatrização do umbigo, maciez das roupinhas, arroto, regurgito, temperatura da água, tipo de sabonete, e dos meus enormes, fartos e potentes peitos. Era como se Deus houvesse me chamado e eu respondido — eis-me aqui —, fui abençoada e estava completa, tinha um filho e muito leite.

14. CLÁUDIA

Quando Cláudia morreu — num acidente estúpido de carro — eu já era mãe de dois filhos, esposa de um grande amor e morava numa casinha com lareira na sala e horta no quintal. Quando Cláudia morreu o mundo de Cláudia em mim transformara-se em fotografia antiga, sépia. Podia lembrar do mundo de Cláudia, que tinha sido o meu, mas não lembrava. Traquinagens do passado feitas pela idade e não por mim, aguadas pelo presente que não se sentia o devir daquele momento pubescente. O mundo de Cláudia havia se transformado em tempo encapsulado; memento dos mortos. Na missa de sétimo dia uma tristeza sem tamanho me tomou, maior do que nossa amizade, mesmo nossa amizade nos dias do *Cego*. Lembrei de mim, chorei por mim, pelo que não existiu, não prosseguiu.

Existiu e prosseguiu, percebo escrevendo. O cinema

não continuou, nossas histórias tomaram a forma do mundo que achávamos pequeno e mesquinho. E ele sempre foi maior que nós e, também, foi nós. Quando lembro de mim antes do casamento, lembro de Cláudia. Talvez porque ela não exista mais e me deixa então sentir uma saudade funda do que foi sem o peso do que se tornou.

No Paraíso das Delícias, Cláudia era uma atração nem sempre bem-vinda. Jogava sinuca com os homens, bebia pinga e falava palavrão. Seu cabelo crespo e castanho claro estava cada dia de um jeito, comportado, selvagem, festivo. O corpo era miúdo, sua cor pálida, pernas longas, dedos delicados e unhas ovais. Cláudia adorava trepar. Falava da bunda dos homens, gostava das pequenas durinhas, discutia se um saco grande queria dizer um pau grande, discutia com as meninas do bar sussurrando alto enquanto apontava com um jeitinho de queixo as protuberâncias exibidas nas calças justas dos office-boys. Era alegre e sedutora, mas sem paciência para ser seduzida. Com toda essa exuberância nunca sabíamos com quem estava transando, sequer se estava mesmo ou se era só fanfarronice. Suas brincadeiras e palavrões eram respeitosos com os sinceros de alma e ácidos com os cafajestes.

Cláudia odiava explicitamente seu Artur, que correspondia com pequenas maldades, um copo sujo, um comentário sobre o bafo de tigre louco das mulheres que fumam, um bufar de desprezo quando ela fazia alguma graça. Seu Artur era o cafetão do lugar e dizia que Cláudia afugentava os clientes. Ele cuspia quando falava, fazia ruídos grotescos para limpar a garganta e puxar o catarro, escarrava do lado de fora do bar e estava sempre suado, babado de seus venenos. Mas sua presença só se tornava mesmo insuportável no final da noite, quando o bar ia esvaziando, o pessoal do samba já tinha saído ou tombado por ali e algumas de suas meninas, como ele chamava, voltavam para o último trago da noite. O dono do boteco esparramava-se numa cadeira de metal dobrável, com a marca da cerveja já ilegível, levantava a camiseta suja e coçava a barriga e o saco. As bolas murchas caíam pelo vão do shorts gasto. Puxava conversa com as garotas querendo saber dos clientes, conversa lenta e perigosa, sempre desconfiando e humilhando.

Relembrando, revendo minhas anotações, as várias modificações que nosso roteiro foi sofrendo, comparando-as com minhas observações pessoais, vejo que apenas hoje sou capaz de odiar seu Artur. Jorge tinha razão, há algo falho nos meus reflexos básicos de defesa. Como se o que houvesse a ser defendido fosse a crença no ser humano, na bondade, e não eu. No momento em que eu não acreditasse mais que somos todos bons, inclusive eu, então o sentido da vida. Fim. Mesmo sendo madrugada, já tendo tomado várias, fumado alguns maços, ficado descalça na neve para voltar a sentir meu corpo e manter-me escrevendo, mesmo sabendo que amanhã, quando voltar a escrever, quando acordar com dor de cabeça, enjoada, com o gosto ruim de cigarro na boca irei negar essas ideias e hábitos noturnos, irei me prometer manter o corpo limpo para ter clareza no escrever e na minha busca, mesmo sabendo dessa tia Mariinha que me condena, sei que estou certa. Seu Artur era um escroto e Cláudia percebeu isso ao primeiro olhar.

Antes de entrar na Kombi com as duas moedas de pagamento ao perueiro, o centro do roteiro era a ambição da jovem equipe, os vampiros seríamos nós, morcegos diurnos e pops sugando a energia de quem supúnhamos não ter nenhuma. Mas cada minuto na favela escancarava nosso erro. Não havia o barraco tal como queríamos; o céu paulistano de julho era homogeneamente sujo e denso, sem qualquer possibilidade de profundidade para nossas perspectivas; o menino que chamamos para ser o guia do cego atuava como pobre coitado de novela de televisão, quando o corrigíamos ele ganhava uma alegria que destoava do desejado andar tropicante e lento do cego; nativos e nativas acompanhavam a movimentação de braços cruzados e encostados na parede, esperando nossos erros; não conseguíamos filmar dez metros sem que aparecesse uma marca de refrigerante americano, um nome de pardieiro em inglês, fuscas e motos passando em alta velocidade, e todo lixo moderno impossível de ser transformado em elementos mansos e sóbrios, mesmo com a perícia de Edu e seu celuloide preto e branco. Durante a primeira semana Cláudia tinha gravado nossas filmagens com sua grande câmera de vídeo. Não pretendíamos utilizar esse material, nessa época não era comum a ideia de vídeo transformado em filme. Eram apenas experiências para avaliarmos o quanto poderíamos contar com a colaboração espontânea dos pobres.

A fita começa com uma brincadeira de crianças correndo. Meninos e meninas perseguindo-se e gritando alegres. Pequeninos com malha e sem calça brincam na terra molhada, perus e xoxotas na lama, fazem tortas e bolinhos, limpam o catarro água que sai do nariz com a mão toda barro, fazem brum brum e empurram um carrinho sem rodas, distraem-se felizes enquanto são quase atropelados pela correria das crianças maiores. Mulheres conversam ali por perto, com sacolas de plástico nas mãos, as que vão saindo arrumadas para o trabalho, ou coçando a batata da perna com o pé de havaiana enquanto enxugam as mãos vermelhas no avental, as que ficam. No fundo está sendo montado o barracão do cego. Francisco e seus ajudantes cavam os buracos para fincar os pilares. No chão, ao lado, tudo bem arrumadinho sobre uma lona mostarda, vigas novas e bem cortadas, folhas de compensado inteiras e limpas, tábuas, ferramentas. Eu apareço na tela e minha conversa com Francisco é coberta pelos gritos das meninas e os escapamentos abertos dos fuscas. Chegam Eduardo e Murilo, outro dos jovens-nós. Francisco para o trabalho, apoia a ferramenta na terra e coça a cabeça desanimado. Verificamos as madeiras, eu explico alguma coisa, Eduardo concorda e aponta algo no céu e nos arredores, Mura chama o pessoal de Francisco e começa a sujar e lascar os compensados. Francisco se aborrece, levanta os braços e cessa o sucateamento. Coloca o material na Kombi, faz um sinal para Mura que sobe com ele e saem. Edu e eu continuamos conversando, medindo o chão com passos, olhando o céu, em volta. Edu se afasta e olha de longe, vai girando em torno do espaço vazio, faz pose de cinegrafista, eu, no meio do futuro barraco, giro junto brincando de estrela, percebo Cláudia filmando, jogo beijos exagerados no ar e dou um tchauzinho rindo. Eu estava usando uma camisa de gola olímpica e manga comprida com listras horizontais azuis e vermelhas. A mesma que Gabriela vestia hoje, quando voltou do esqui. Acho que foi a visão de Gabriela entrando nessa sala esfumaçada com uma rajada de vento frio, tirando o gorro e balançando com força seus cabelos pretos espirrando flocos de neve e gelo, arrancando o casacão de snowboard de qualquer maneira e rindo para mim com a camisa listrada que me fez lembrar disso tudo. O mundo não era só de Cláudia, nem a alegria. Essa camisa foi uma das últimas que guardei comigo dos velhos tempos. Nesse meu último surto de jogar tudo fora, Gabriela salvou exatamente a camisa listrada e a fita de vídeo já embolorada. Mandou limpar e, dias antes de virmos para cá, no meio de sacos de lixo preto com livros para a biblioteca pública, roupas para o asilo, papéis, papéis e papéis para os catadores, equipamentos, eletrodomésticos, móveis e louças para Casa de Crianças Excepcionais, minhas malas vermelha e azul semicheias, no meio disso Gabi e Tom montaram a televisão com vídeo e assistimos juntos à fita de Cláudia.

As crianças não a conheceram e ela não aparece na fita. Ela é que havia me dado aquela camisa, que era dela e eu invejava. Cláudia dizia que era a camisa da transição. Quando ela tinha catorze anos morara durante um ano em Londres com a família. Ela, que sempre fora a melhor aluna da classe e uma promissora bailarina de balé clássico, descobriu que era legal ter cabelo crespo, que sexo em vez de atrapalhar o raciocínio ajudava e muito, que cinema, literatura, política, física e química só tinham valor se a gente pudesse rir disso tudo. Que mil vezes melhor um vagabundo engraçado que um estudioso chato, um alienado com ternura que um militante com princípios. Abandonou o balé e continuou a primeira da classe. A camisa era do início da fase londrina e ela lhe atribuía poderes metamórficos, como o de transformar mulheres esverdeadas em Marinas Morenas. E lá estava eu rindo, com a mão na cintura dando uma rebolada e uma piscadela para Cláudia.

A câmera se afasta e procura, anda rápido por pernas de mulheres e homens até que reencontra as crianças corredoras. Estão encurralando um menino contra um muro. Ele deve ter nove anos, tem uma carinha marota e bonita, e é seguro pelos braços por duas meninas maiores que falam muito e riem. Valente, ele protesta, berra, esperneia e todos em volta gritam também. Do meio do bolo de crianças surge empurrada para frente do prisioneiro uma garota desajeitada e magruça. Ela não quer, mas todos a empurram para o menino, que faz cara de nojo, cospe no chão, cospe na menina, debate-se em vão. Cláudia vai virando a câmera e vemos a caricota da menina ruiva que continua resistindo, querendo sumir de novo no meio do grupo, mas um paredão de mãos se formam forçando-a para frente. Branquela e sardenta, seu nariz é muito grande e os dentes amarelos e tortos. Ela abaixa a cabeça, firma o pé no chão para brecar o movimento, parece uma cabritinha, não grita, não abre a boca, dos olhos bem abertos saem lágrimas. Finalmente o grupo vence sua resistência e empurram-na de encontro ao menino. Puxando os cabelos de ambos, obrigam a se beijarem. O menino, furioso, morde a boca da menina que dá um berro. O grupo se dispersa rápido e o garoto ainda consegue acertar um soco na menina. As crianças riem e saem correndo para fugir da ira do valentão. A menina sobra sozinha, encosta-se no muro e esconde o rosto entre as mãos. Entram na tela pernas de uma mulher cuja mão agarra a garotinha pelo braço, balança-a, dá-lhe um cascudo; as duas somem. Do muro sujo vazio Cláudia vai devagar para a Kombi que chega. Sucata de todos os tipos são descarregadas. Francisco e seus rapazes se despedem e ficamos, dentro do futuro barraco, contemplando o lixo desejado.

O filme transformou-se, não contava mais a história de um cego pobre, mas ainda contava de estudantes de cinema numa favela. Longos planos de cores pálidas sem contraste ou comunhão. Editamos a construção e destruição de alguns barracos, a vida e o desinteresse na favela, o nosso espanto e cegueira. Tiramos a nota máxima, no trabalho final para a faculdade; talvez fosse um bom filme. Tento recordar a alegria daquela Marina Morena rindo e jogando beijos. Há, em minha memória, uma nesga instável repleta de nossas discussões animadas sobre a mudança do roteiro, um ângulo inusitado e belo que conseguimos, bons amigos que fizemos, mas é frágil demais, não resiste. Não revi o filme.

Uma e quinze da manhã. A porta abre com força. A voz

de Gabi em meio a uma arruaça masculina, muitos risos. Gabriela, Joel, Guto e alguns amigos estrangeiros entram ensopados. Ficaram brincando de trenó e guerra de neve. Não há nada para se fazer por aqui depois das onze da noite. Tiram as roupas, ficam todos de ceroulas e camisetas em frente à lareira tomando chocolate quente. Gabriela vem me beijar feliz e afogueada. Passa uma toalha no cabelo e troca a camisa listrada que fica jogada aos meus pés. Está radiante. Peço que falem baixo.

15. VERÃO

Ficava quieta. Logo após o acidente não conseguia seguir conversa alguma. Sabia de alguma coisa e não lembrava, não podia. Mas a memória trabalhava e, nas brechas do medo, ia procurando. Procurando. Arrepios do acidente impediam qualquer lembrança. Contudo, se ficasse imóvel, vislumbrava os olhos de seu Adolfo pedindo perdão num lugar diferente da rua, num outro tempo. O susto daqueles olhos era o meu também, desculpe Carlota, desculpe. Por que Carlota e não Nicole? Mas ele tinha dito — desculpas, Carlota — lá no asfalto, eu tinha ouvido Carlota e não Nicole. Ouvi ali e antes. Quando?

Quando mudamos para o Rio, escolhi uma escola próxima ao Jardim Botânico, a que me pareceu mais acolhedora. As turmas eram pequenas e o espaço gostoso. Uma paineira no quintal da frente sombreava a casa e o quadrado de areia onde as crianças brincavam. Nos fundos, um pequeno pomar fazia divisa com a floresta. Joel e Guto, filhos da Milu, irmã do Jorge, estudavam lá. Precisei fazer a adaptação da Gabi e refazer a do Tom, que estranhou a escola nova. Gabi-biru, minha princesa Gabi, saía uma hora antes que Tom, e então ficávamos passeando ali por perto. Aquele era um dos cantos do Rio de que eu mais gostava. Não tinha vista nem perspectiva, sequer rochedos. Havia a floresta. As casas da redondeza eram pequenas e graciosas, com varandinhas e trepadeiras crescendo nos beirais. Do lado direito a rua seguia até uma ruela que encostava no Jardim Botânico, onde moravam os descendentes dos funcionários do Parque e, em alguns casos, funcionários eles mesmos.

Gabi saía da escola cheia de energia, caminhávamos por ali e acabamos conhecendo alguns moradores. Eu gostava de plantas e isso servia de assunto, perguntar o nome de uma árvore, saber a época de floração de uma trepadeira. Foi assim que conheci dona Carlota, mãe de Nicole. Ela me deu uma muda de jasmim italiano que eu não achava em lugar nenhum e pegou muito bem lá em casa. O único pedido que fiz aos novos donos da casa, quando voltei para São Paulo, foi que não arrancassem o jasmim, que hoje cobre a fachada inteira e que, por favor, fizessem a poda no inverno. Eles me asseguraram de forma tão distraída que fariam isso que. Eles não entendem de jasmim. Há uma variedade enorme, mas o italiano é o único cuja flor cai da haste antes de murchar. Por isso está sempre branquinho, sem mortos dependurados, e o chão também fica branquinho, com flores fenecentes. Mas eles não entenderam, pouco cuidam se as flores mortas ficam grudadas ou não. Dona Carlota sabia disso e muito mais, se animava com meu interesse por flores. Ela morava numa das casas de funcionário que, como todas as outras, tinha um espaço de terra na frente, onde ela cultivava seu jardim. Dona Carlota era branca, grisalha, gorda e baixota. Ela cortava o cabelo curto, e sempre que a via em casa, estava usando avental desbotado de lona verde com o logotipo antigo do Jardim Botânico sobre o vestido. Seu pai, italiano, fora a vida toda funcionário do Parque, responsável pelo viveiro de mudas e também pelo orquidário. Dona Carlota, filha única, trabalhara com o pai e herdara a casa. Seu jardim era meio caipira, com um tipo de flor em cada cantinho e um pneu velho pintado de branco em torno da roseira, muitos vasos de xaxim de onde pendiam plantas delicadas. Ela preferia flores a folhagens tropicais, mesmo que para isso tivesse que lutar com o clima úmido e quente. Nicole ficava observando a mãe da varanda, numa cadeira velha de vime, rodeada de almofadas e com um cinto feito de pano acolchoado e bem apertado à sua volta para evitar que ela caísse.

De manhã, às sete e meia, quando ia levar Tom e Gabi para a escola, dona Carlota passeava com Nicole para que ela tomasse sol e visse o movimento. As duas iam bem arrumadinhas, a mãe sem o avental e Nicole com uma saia ajeitada até abaixo do joelho, tudo limpo e claro. Dona Carlota tinha orgulho do cabelo da filha, castanho claro, liso e fino, como cabelo de bebê. Ela o escovava até ficar brilhante e o prendia em duas marias-chiquinhas que ajeitava sempre, conforme Nicole se mexia na cadeira. Gabriela tinha medo de Nicole, não entendia por que ela precisava de cadeira de rodas se não tinha quebrado nada.

Quando cheguei em casa, no dia do acidente, encontrei Milu com seus filhos — Guto e Joel —, que regulavam de idade com os meus. Os quatro primos estavam jantando. Todos de banho tomado, cabelos molhados e penteadinhos, pijamas estampados com bichinhos. Guto e Tom vestiam também capas de super-homem. Não, estou errando, confundo tudo. Esta é uma cena de nossos primeiros dias no Rio, ainda na casinha alugada. No dia do acidente, Milu foi para minha casa levar as crianças e resolveu ficar até eu chegar, mas então Gabi e Tom já estavam com doze e catorze anos e não mais se sentavam para jantar com os cabelos úmidos e penteados. O que queria escrever era que quando cheguei em casa, no dia do acidente, e vi Milu assistindo à televisão junto com meus filhos, tomando conta deles com seu jeito discreto e sem dramas, quando ela me viu e veio me dar um abraço, lembrei-me da cena do jantar dos quatro limpinhos, lembrei-me das flores rosas da paineira do colégio, de Gabi pequenininha comigo na doceria perto do colégio enquanto esperávamos Tom sair, de Gabi no carro, de manhãzinha, depois de um longo silêncio sonolento, apontando Nicole, que passava na cadeira de rodas, e perguntando — por que ela baba assim se ela já é grande? Foi essa a sequência de imagens que me veio, todas elas muito ensolaradas, mesmo a do jantar, pois não era o sol. Sequências de imagens sem ordem. Meu pensamento se perde como se perdia naqueles dias. Parece que sei apenas do que ia dentro de mim. Não sei o que se passou à volta naqueles dias, não é que não lembre, é que não prestei atenção.

Tenho de colocar em ordem o que aconteceu, o que senti não importa mais, já foi discutido. Mulheres, principalmente elas, adoram conversar sobre os sentimentos, falar, falar e falar. E eu não tinha defesa contra as mulheres. Quanto menos eu falava mais elas descarregavam em mim todo esse lixo feminino. Milu não. Milu foi quem sempre me ajudou na vida carioca. Alugávamos casa juntos, os dois casais, numa praia no Ceará onde passávamos um mês inteiro durante as férias de verão. Era uma praia de veraneio chique do pessoal de Fortaleza. Fomos para lá três anos seguidos e os veranistas cearenses estranhavam nossos horários, pois passávamos as manhãs e fins de tarde na praia com os pequenos. Às onze, quando eles acordavam, nós estávamos saindo do mar para preparar o almoço. No final da tarde, passeávamos na praia catando conchas ou sentávamos na areia olhando a puxada da rede, eles jogavam cartas e bebiam caipirinha. Às vezes Jorge ia jogar com os cearenses, dizia que achava curiosas as histórias das antigas famílias do Nordeste, gostava também do sentimento de contravenção que tomava conta das senhoras quando sentavam-se à mesa para jogar e beber com os homens. Milu achava esse pessoal muito chato, não ia cumprir obrigações sociais durante as férias. Silvio, marido de Milu, nem colocava o assunto em questão, se não estava na praia conosco, ficava lendo na varanda de casa.

Acompanhei Jorge algumas vezes. Na época não gostava de beber e me esforçava para não deixar transparecer meu desinteresse por aquela vida besta. Passar batom, colocar joias, ficar dentro de casa jogando cartas e bebendo com a praia e o sol lá fora, eu achava. Eu tentava não achar. Não por esforço de humildade, mas por educação. Todos eram simpáticos, nos convidavam, insistiam, eu me esforçava mas não conseguia. As mulheres eram bonitas, alegres e comportadas. Serviam seus maridos, limpavam os cinzeiros, escolhiam suas roupas, compravam suas cuecas e louvavam a incompetência de seus homens para o serviço do lar, a falta de sensibilidade masculina para combinar os tons da roupa, para reparar num arranjo de flores. Falavam da vida alheia — as mulheres, sempre elas, os homens discutiam o destino do país —, as mulheres falavam da vida alheia, comentavam com eufemismos idiotas a falta de cuidado de outras mulheres com seus maridos, e o coitado então. Coitado, o que mais se podia esperar dele senão. Havia tantas outras mulheres prontas para consolar e cuidar desses pobres, não havia como criticá-los. Tentei evitar, sinceramente me esforcei. Lembro que no início achava até curioso, aquelas falas de minhas avós repetidas nessas bocas jovens e bonitas, com mais veneno e o travo católico abrandado pela latitude e pelos tempos, com o sotaque meigo do Ceará. Jorge me alertava, que atentasse no risco de tornar divertido e inócuo aquele jeito de ser que não tem nada a ver com latitude.

Deveria ter parado de acompanhar Jorge nas tardes de jogatina antes de me tornar arrogante. Mas eu não percebia o que se passava. Aquelas tolas mulheres alegres perceberam meu desprezo e perceberam muito mais que isso. Passaram a sentir pena de Jorge. Pobre Jorge.

Mas a luz desses verões é mais potente e resiste ao ácido dessa escrita, assim como resistiu ao veneno do ciúme.

Alugávamos um saveiro e velejávamos por praias desertas, íamos tomar sorvete na cidadezinha próxima. Melados de picolés, passeávamos na pracinha da igreja sombreada de acácias e amendoeiras. Fazíamos competições de castelos, com torres de pinguinhos de areia e pontes de palitos sobre apavorantes fossos de jacarés, piranhas, dragões e tubarões. A competição acabava sempre em destruição total dos castelos por gigantes poderosos ou por vagalhões imensos. Sujos de areia caíamos no mar e então ia com as quatro crianças fazer o costão, andar pelas pedras que separavam a nossa praia da vizinha. Os pequenos pareciam quatro cabritinhos lindos, e a cada dia ficavam mais espertos e ariscos. Escorregavam feito uns doidos nas dunas branquíssimas junto com os filhos dos pescadores. No final da descida, a casca de palmeira, que servia de carrinho, parava e eles seguiam a toda velocidade rolando e carambolando duna abaixo. Ficavam tão cheios de areia que dias após o final das férias ainda encontrava grãozinhos brancos nos seus cabelos. Eu vi tudo isso quando Milu me abraçou naquele dia do acidente, quando voltei do Miguel Couto.

A ordem cronológica não monta um sentido. Não foram os fatos que me trouxeram para cá, e sim a maneira como fui encaixando-os dentro de mim. A rigidez caótica de minhas lembranças. Talvez essa desordem pétrea seja exatamente o que traz a necessidade de terminar. Não são as peças, mas o diabo dos elos, cartilagens. Essa época do Ceará é a mesma em que estava tendo dificuldades com o Rio de Janeiro, em ser casualmente sexy, em tomar conta de uma casa com empregadas e oferecer jantares aos clientes de Jorge, tornar-me uma senhora. Não achava nada disso errado, esforçava-me para fazer direito porque o mundo familiar era assim e queria a segurança desse mundo para criar meus filhos, apenas não gostava. Depois deixou de importar se gostava ou não, aprendi, me pintei, assenhoreime, passou a ser eu. Mas o abraço de Milu me levou às vésperas dessa naturalização da dona Mariana de Queirós. Trouxe de volta o frescor do sol e do mar, das férias. No Ceará passávamos o dia inteiro de biquíni, ficávamos muitas horas mergulhando perto das pedras com máscara e tubo, víamos uma infinidade de bichos, plantas e pedrasvegetais coloridas. No final da tarde os pescadores puxavam a rede e escolhíamos o peixe do jantar. Ao meio-dia passava o moço do caranguejo com seu canto bonito e uma corda de patas moventes pendurada nos ombros. Sentávamos ao redor da mesa de madeira debaixo da mangueira e ficávamos quebrando pata de caranguejo e comendo com as crianças. Gabi e Tom-Tom ficavam pretinhos de tanto sol. Gabi, apesar de comilona, era bem magruça, víamos suas costelas e o joelho parecia uma grande bola no meio de uns gambitos. Ela andava, como os meninos, o dia inteiro só de short sem camisa. Sempre teve o cabelo muito liso e grosso, parecia uma indiazinha. Tom, no sol, ficava com o cabelo aloirado e cheio de cachos. Guto e Joel eram mais clarinhos. Depois de um mês de sol estavam dourados e com os cabelos quase brancos.

Já me lembrei com amargura desses verões, como se tudo tivesse sido uma encenação. Mas já não penso assim, me esforço para não lembrar assim. Hoje lembro que sentia-me tão bem na praia porque recuperava a sensação de quando meus filhos eram nenês, de fazer parte de uma certa harmonia universal, na qual só importava o vento, o sol e a fome. Fui me dando conta que a família que me fazia sentir protegida e completa, correspondida e enriquecida, onde eu era responsável e ia amadurecendo e envelhecendo com a mesma naturalidade do tempo que passa e não para, essa família e esse lugar eram referentes à maternidade e não ao casamento. Anos se passaram entre o caso de Jorge com a boa senhora cearense e a descoberta. Tornei-me cada vez mais naturalmente eficiente nas funções de esposa de Jorge. Um casal importante, Jorge e sua esposa.

16. O PEIXE VERMELHO

Tom e Guto largam as botas molhadas no quartinho de baixo. Falam alto, como se ainda estivessem no meio do vento. Barulho de porta de geladeira, cadeira sendo arrastada, mãe, cheguei, desce para comer com a gente. Comer, comer, sempre essa preocupação na memória de Tom. Não devo estar tão magra, mas de fato não sou capaz de saber o quanto não estou comendo, já que me sinto o tempo todo farta.

Tomei um suco. Minha garganta vive seca com a calefação, o frio e o cigarro, não tem jeito. Tom está tão bonito, ele nunca vai direto do esqui para a casa dos amigos sem passar primeiro para me ver. Não conversa, não gosta de intimidade, sabe o que quer saber me olhando. Um olhar que fica parado esquecido, parece que olhando para dentro, ou, como se diz, olhar de peixe morto. Eu ficava muito assim quando tínhamos aquário lá em casa. Isso foi quando Tom-Tom nasceu, quando percebi que ele tinha saído de mim e era não só uma outra pessoa, mas era um menino, um homem. As coisas do mundo vão sendo entendidas por várias camadas do nosso pensamento, até que finalmente as entendemos de forma tão definitiva que nos parece que sempre soubemos delas.

Depois de dar o peito, Tomás dormia em meu colo e eu olhava os peixes. Ficava assim parada por muito tempo, sem pensar em nada, só vendo aqueles vermelhos passando, nadando de um lado para o outro, de um lado para o outro. Alguns começaram a morrer e achei que podia ser por excesso de comida. Passei a dar menos ração e diminuiu o intervalo entre uma morte e outra. Peixes são sempre iguais e colocávamos novos peixes para substituir os mortos, era difícil perceber se havia um revezamento nas mortes ou se algum dos antigos sobrevivia. Não pensava a respeito, mas numa dessas tardes de pasmaceira percebi que um peixe era, ou estava ficando, maior que os outros. Era o único grande e, por isso, o único reconhecível. A barriga parecia estufada e, como sua cota de vermelho fosse igual à dos menores, ao ter que recobrir uma forma dilatada, tornara-se de um alaranjado brilhante. Talvez fosse uma fêmea com a barriga cheia de ovos.

Olhando com atenção, vi que minha peixa grávida era mais agitada e, diferente do vaguear aleatório dos pequenos vermelhos, o dela parecia intencional. E meu olhar não conseguia mais perder-se naquela existência vermelha e tranquila, ficava preso naquela intenção.

Quando Tomás nasceu eu passei um período sem perceber que o mundo existia. Entrei num grande útero vermelho junto e misturada com ele. A parede uterina foi rareando, transparecendo o mundo e, com ele, Jorge. Um Jorge muito mais dedicado ao trabalho do que antes, as hesitações e ensaios desapareciam. Acho que também para ele o nascimento do filho trouxe falas ancestrais, de protetor e provedor dos seus, da conquista e delimitação de novos espaços no mundo dos homens, no mundo fora de casa. Quando ele falava do trabalho, parecia maior e mais bravo. Lembro de um domingo, na volta de um passeio da manhã em que estiquei um pouco mais a caminhada, Tomás começou a berrar de fome. Eu, entre aflita e divertida com a braveza de um bebê tão pequerrucho, me surpreendi com o olhar orgulhoso e encorajador de Jorge para Tomás. Um assunto de homens.

Cada vez mais translúcido, o peixe maior continuava a crescer. Tom também e já comia cabelinho de anjo com molho de tomate fresco. Entre uma colherada e outra ele acompanhava atento o movimento no aquário. Entre uma colherada e outra, abrindo e fechando a boca como peixe para que Tom fizesse o mesmo, vi a agitação pesada daquela barriga cada vez mais brilhante e, de repente, o peixe laranja começou a cabecear com força um vermelhinho contra a parede do aquário. O vermelho se rompeu e vísceras esbranquiçadas sujaram a água. Os peixes pequenos que tentavam abocanhá-las eram repelidos pelo laranja, que comeu sozinho o fruto de seu ataque. Espantada, parei com a colher no ar e a boca aberta. Tomás deu um berro querendo comida. O bravo rapaz socava a mesa do cadeirão e o barulho do prato espatifando-se no chão me acordou.

17. TIA MARIINHA

Não odeio Marina Morena, não odeio palavrões, não odeio. Não cabe em mim. Sou uma ruim, pior que todos, continuo sem enxergá-los e por isso me desfaço, me despeço, não peço que fique, me desagarro e no fim não conserto nem acerto.

Jorge enriquecia, crescia, ficava menos em casa. Quando vinha, não me encontrava à sua espera perfumada e banhada, a casa arrumada. O lar precisava continuar familiar e pequeno. As crianças gritando e se lambuzando durante o jantar. Interrompendo sua conversa de trabalho ao telefone às dez da noite para que lesse a história de dormir. A morte de Cláudia, a mudança para o Rio, o encantamento com os filhos, foram me tornando uma pessoa desinteressada pelo desenrolar do mundo que entrava em casa com Jorge.

Quando nos mudamos de São Paulo para o Rio, alugamos uma casa pequena e bonita para morar até encontrar outra para comprar. Apesar de menor que a de São Paulo, a casa era charmosa, arejada e com muita luz. Com a mudança desisti de vez da profissão, a fim de me dedicar inteiramente aos filhos. Não foi difícil, ao contrário, foi gostoso. Tomás e Gabriela eram umas gracinhas, eu era jovem, formávamos um trio bem bacana, vejo hoje nas fotos. Venci a resistência ao caos urbano do Rio, à feiura dos morros erodidos pelas favelas, à hipocrisia da informalidade carioca, colocando meus olhos e ouvidos na altura dos olhos e ouvidos dos meus filhos. Com eles conheci o supermercado perto de casa, o marceneiro, o vigia da rua. Ficávamos juntos olhando as revistas de quartos de crianças, de roupas de crianças. Comprava tecidos, aprendi a costurar, lembrei-me do quarto de costura da Lurdes, onde eu brincava no chão com os retalhos e fazia roupas para meus bichinhos, do barulho da máquina de costura e do cantarolar de Lurdes. Inventávamos teatrinhos, cenários, fantasias. Os filhos da Milu vinham sempre. Aprendi a cozinhar. Ocupava-me com roupa, comida, casa. E a minha casa era gostosa, meus filhos saudáveis e bonitos. As toalhas eram bordadas pela bordadeira fina de Minas, os cálices de cristal alemão, a louça art-déco francesa, os talheres de prata finlandeses e as travessas de barro brasileiras. Não conseguia de fato me envolver a ponto de saber se gostava ou não da louça e dos talheres que tínhamos. Eram corretos.

Compramos uma casa grande e resolvemos reformá-la. As crianças cresciam e aprendiam a ler e escrever. A brincadeira estava terminando, o mundo de fora chegando. Aula particular, fonoaudióloga, psicóloga, com quantos meses começou a andar? ele/ela dorme na hora que quer ou você determina um horário rígido? você deixa ele/ela assistir a programas não recomendáveis para a idade? mas com esse tamanho ele/ela ainda vai dormir na cama com os pais? com que idade parou de tomar mamadeira? você impõe limites precisos ou os limites são vencidos pelo choro? ele/ela tem um lugar arejado e silencioso para fazer o dever de casa ou faz deitado no chão assistindo à televisão? quando ele/ela deixa tudo espalhado no banheiro, na sala, você o/a obriga a arrumar? você é uma pessoa arrumada, organizada? você tem disciplina? você impõe disciplina? você emite mensagens duplas? até que idade eles mamaram no peito?

O projeto da casa demandava infinitas respostas. O que queríamos, como seria nossa vida? Queríamos a mesma coisa? Uma vida de hall de entrada, living-room, sala de tv, escritório, um quarto para cada filho, copa, cozinha, área de serviço, quartos de empregadas, lavabo, garagem, para quantos carros? quantas empregadas? copa, cozinha e sala integradas? ou não, o barulho de lavar pratos e talheres atrapalha a conversa após o jantar? e o barulho da máquina de secar, do liquidificador, da batedeira, mas, principalmente, e o barulho da conversa das empregadas, como fazer? Casa branca ou vermelha? Grama ou pátio?

Na casa nova, com filhos na escola, tia Mariinha assumiu o poder. Ou pelo menos tentou. Pelo menos era disso que minha alegria dependia. Nos ciclos eufóricos todos os horários eram cumpridos, os remédios dados, as unhas cortadas, os jantares de negócios organizados, a supervisão dos empregados cotidiana. Maria-Branca, a cozinheira, tinha o menu do mês inteiro definido. A lista de compras era feita toda semana após uma conferência na despensa. Maria-Preta, a copeira e arrumadeira, tinha também o seu caderninho — dia de lavar os vidros, dia de encerar as salas, dia de encerar os quartos, dia da faxina nos armários, dias. Zito, o motorista, tinha um caderninho com os horários das aulas de judô, natação, inglês, fonaudióloga. Nos espaços livres, regar o jardim e fazer a limpeza na área externa. Havia ainda o caderninho de manutenção da casa — consertador do boiler; consertador das máquinas de lavar, secar, geladeira e fogão; consertador de televisão e aparelho de som; consertador de ar condicionado; encanador; marceneiro; lavanderia. Os armários tornaram-se minha obsessão. Foram desenhados especialmente para suas funções. Qual a altura das prateleiras para os remédios? quantos pratos podem-se empilhar? Na despensa, divisões para os produtos perecíveis e para os outros. Horas de medição, desenhos e conversas com o marceneiro. Arrumar, arrumar, manter arrumado.

Tia Mariinha era uma rainha burguesa, cercada de empregadas e muito atarefada. Nos jantares com amigos sempre tinha opiniões enfáticas. O legalismo evoluiu em mim como uma doença. Defendia o novo código de trânsito, com penalidades maiores, criticava a perversão de nossa justiça, o abuso de poder da polícia, a falta de empenho dos amigos em ensinar os filhos a seguirem as regras estabelecidas, na escola, no prédio, na cidade.

Depressão tornada avesso. Casca de sangue. E agora, que me encontro nesse lado oculto? A roda da vida demora a virar, cada vez maior e mais lenta. E quando virar, que nova euforia me aguarda? Não sei se quero.

18. ARMÁRIOS

A escuridão já baixava naquele tempo também. E, como agora, recolhida, eu escrevia. E, como agora, não inventava personagens, apenas trocava os nomes. Tiro de uma pasta com elásticos ressecados, do ventre da azul e dura, de uma pasta etiquetada — Ficção — várias tentativas de contos. Em quase todos eles, uma mulher deprimida. Há muitas passagens sobre armários, marceneiros, toalhas dobradas de acordo com suas cores. Curiosa obsessão. Abro os diários da mesma época e lá estão novamente os armários, ou a revolta contra eles.

10 de março, 93: Por que não me deixam em paz? Que idiota querer fazer coisas novas. Armários, estantes, cômodas. Dá tanto trabalho e no fim nunca sai como eu quero... sei lá se quero mesmo alguma coisa. Eu gosto tanto de coisas velhas. Gosto de pessoas velhas, cabelos brancos tingidos de roxo, rugas, meias de lã com chinelo, vestido com estampa grande, peitos caídos. Devagar, distraída e cheia da vida que passou. Gosto de paredes caiadas, descascando, o

reboco furado aparecendo. Chão de cimento úmido com musgo. Canto abandonado da área de serviço, roupa no varal, espuma seca no chão. Madeira podre pintada de branco. Maria-sem-vergonha no pé da roseira, rosa aberta pouco antes de despedaçar. Gosto do cheiro de guardado, de naftalina. Parasita vitoriosa sobre árvore morta. Secar os cabelos no fogão de lenha e ouvir a conversa da cozinha. Cheiro de mato abandonado no tijolo, eco na sala alta. Rangido de sapato no chão.

Queria ser velha, velha amargurada. Daquelas velhas bem chatas de quem as crianças têm medo e os adultos não suportam.

Envelhecer, enrugar, encolher. Ficar lá no cantinho olhando. Ter um quarto no fundo da casa, da janela ver os fundos dos prédios, janelas de banheiros, roupas gotejando no cimento. Uma cortina empoeirada e o teto mofado. Umidade, abandono, paz.

E o marceneiro sem o menor saco para minhas indecisões. Vou gastar tempo e dinheiro para ter uma casa limpa, clara, arejada, arrumada. Tudo guardado em seu devido lugar. Flores ordenadas nos canteiros. Toalhas separadas por cores e tamanhos nas devidas prateleiras. Briga com empregadas.

Lá fora começou a chover novamente. Chove, chove, chove. Há séculos que chove, o mundo está molhado, cansado, encolhendo.

Apesar da constância, não identificara ainda como ciclos meus períodos eufóricos e depressivos. Atribuía a tristeza à ausência dos filhos — na escola, na aula de judô, na aula de balé —, à distância de Jorge — cada vez mais ocupado —, sentia-me um apêndice inútil; pior, um peso. Comecei trabalhar numa produtora de vídeo.

19. CASAIS E QUEIJO

Milu e Mônica telefonaram, as duas, me intimando a jantar fora com eles. Disse que tenho que escrever, não posso, já comi demais, não estou com fome, tenho dor de cabeça, mas não adiantou. Milu, Silvio, Joel e Guto, Mônica, Fernando e Carolina chegaram, insistiram e, no final, frente a minha imobilidade, ficaram todos em casa. Tom e Guto compraram fondue de queijo e vinhos. Eles já foram embora, a casa está empesteada com o cheiro do queijo; vou abrir as janelas para que entrem todos os insetos; que não existem aqui. Sinto minha energia esvair-se, com meus amigos. Há novidades, política cambial brasileira, alguma nova guerra americana, uma intriga no Itamaraty, um novo filme, uma nova atriz. Mas não há interesse. Mesmo a compaixão que sentem por mim é uma repetição de antigas penas.

Vomitei. Tinha jurado a mim mesma não fazer mais isso, mas esse gosto de queijo na boca é insuportável. Escancaro as janelas, troco de roupa, acendo uma vela.

Saí para andar, longe do cheiro de queijo. Começou a nevar e os ventos uivam. Fecho as janelas e limpo a neve que entrou. Vou guardar a louça seca mas as prateleiras estão engorduradas. Tiro tudo de todos os armários, lavo com água e sabão, álcool, detergente para limpeza pesada. Seco com uma flanela azul, polindo com força a madeira escura, a fórmica branca. Lavo os potes de mantimentos, talheres, facas, o fogão, o forno. Enxáguo o chão e passo aspirador nos sofás. Aqui neste país as pessoas não usam muita água, só esses produtos melentos. A cada nova peça limpa percebo sujeira no canto ao lado. Esfrego na pia da cozinha os panos de prato e de chão, torço-os, coloco-os de molho, enxáguo novamente e coloco-os na máquina de lavar. Os cestos de lixo da cozinha e dos banheiros estão imundos, limpo com escovão, depois esponja, em seguida flanela. As luvas de esqui das crianças ficam com cheiro de suor. Tenho que lavar o forro com cuidado para que não encolham. Não encontrei palha de aço, as panelas ficam um pouco sujas, por mais que esfregue e lave e deixe de molho. Coloco os panos na máquina de secar e lavo agora as cuecas, calcinhas e meias brancas. Depois os guardanapos de algodão. Não gosto de guardanapo de papel. É preciso ter uma bacia especial para deixar de molho os lenços de assoar nariz, não devemos misturar com bacias de pano de prato e muito menos de chão. Esqueci de trazer meus lenços, só trouxe os guardanapos de linho. Vou passar na vila e comprar bacias. Só existe uma, na casa toda, que limpo com álcool entre um molho de pano de prato e um molho de cuecas. Quando as crianças acordarem, colocarei os lençóis para lavar e passarei aspirador e escova umedecida em álcool nos colchões. Minha mão está vermelha e meu corpo quente. Poli os trincos e as maçanetas, estão dourados de novo. Os talheres, depois de secos, ficam meio manchados. É preciso sempre passar álcool antes de guardá-los. Enquanto a última leva de roupa seca, sirvo-me de vinho do porto, acendo a lareira e fico admirando a neve que bate forte nas janelas. Não enxergo nada lá fora, não sei se já amanheceu. Fogo, neve e água, é tudo tão bonito e tranquilo. Uma casa realmente limpa. Amanhã já vai estar suja. Limpei com escovão, escova, esponja e escova de dentes a sola das botas das crianças, mas amanhã já estarão sujando a casa de novo. Talvez amanhã eu não esteja preocupada com a limpeza da casa. Vem um clarão lá de fora, mas pode ser da neve que tem luz própria quando fica brava. Chalé de aluguel sempre tem os utensílios mais neutros possíveis. O que eles acham que é neutro, na verdade são feios na sua despretensão. Há também vários pequenos objetos esquecidos de temporadas passadas. Uma caneca de cerveja com o nome de um clube alemão em dourado e azul; uma mamadeira francesa com peixinhos coloridos; um cinzeiro de bronze com um dólar americano fundido no fundo. Talvez meu caderno fique por aqui, fique como esses livros de recordações dos hotéis da África do Sul onde os turistas anotam suas impressões da estadia, os bichos que encontraram, as emoções inesquecíveis do nascer do sol numa savana com girafas e zebras; do passeio noturno em que viram um guepardo perseguindo e abocanhando uma lebre desesperada. Mas ali não anotam o choro da filhinha perguntando por que o guepardo fez isso e se as lebres também vão para o céu. Neste meu caderno apenas essas perguntas serão anotadas, será um caderno tão inverossímil quanto o outro, porque não conterá qualquer lembrança feliz.

Isso é verdade. Apenas o ruim vai escrito, apesar de guardar em mim lembranças felizes. Tive uma casa limpa e clara, com jasmim crescendo na fachada e lembro de seu cheiro pela manhã com o Corcovado ao fundo; li no Jardim Botânico enquanto as crianças se agachavam na beira do lago das vitórias-régias para colocar girinos no vidrinho; Jorge me olhando esfomeado e carinhoso, me beijando a nuca, acariciando meus peitos enquanto trepávamos no sofá. Jorge saindo de casa com Gabriela e Tomás arrumadinhos para o colégio, os três dando tchau. Jorge me convencendo que as crianças ficariam bem com Milu e podíamos aproveitar o feriado apenas para nós, o que fizemos, passeando pelas ruas de Ouro Preto e conversando sobre o barroco das igrejas. Jorge inventando histórias de pescador para Tom e Gabi; Jorge mergulhando comigo de snorkel e apontando um cardume de peixes azuis e amarelos que saíam de dentro do coral vermelho vivo; Jorge no Ceará, queimado de sol, apenas de calção e muito bonito, rindo na companhia das caridosas senhoras cearenses. Jorge, depois do jantar, quando Milu já tinha ido embora, pedindo-me para tomar um calmante e, por favor, parar de chorar porque no final a menina já tinha morrido, ele estava exausto e precisava trabalhar no dia seguinte, Luiz resolveria tudo, que eu não me preocupasse, tudo vai dar certo, tudo vai dar certo, querida, por favor durma.

Da favela também guardo recordações de livro de hotel. Crianças vestindo uniforme de escola pública saindo de mãos dadas com os pais de manhã bem cedo, o mato das ruas exalando orvalho; eu deitada no colo de Edu enquanto ele me acariciava os cabelos e víamos quietos as crianças vestidas com uniforme escolar, caminhando na névoa fresca da manhã; as crianças vestidas com uniforme escolar voltando e vindo conversar comigo para saber se Eduardo era meu namorado; uma menina espevitada perguntando se eu beijava Edu de língua e fazendo cara de nojo ao ouvir minha resposta; Edu agachado no chão jogando bolinha de gude com os garotos; seu Honório nos contando sua vida de fotógrafo lambe-lambe, explicando o funcionamento da máquina, mostrando os vários cenários que ele carregava consigo todo dia de manhã quando ia pegar o trem para trabalhar no Centro, querendo saber da máquina do Edu, da iluminação que usávamos, da foto que ele tirou de nós cinco com um castelo medieval no fundo; eu ajudando o menino Uelinton a fazer o dever de matemática e não conseguindo fazê-lo entender por que seis vezes zero é igual a zero e eu mesma ficando em dúvida; Cláudia ensinando as meninas a fazer trancinhas afro no cabelo; o bilhetinho de amor que Uelinton deixou dentro da minha bolsa com um sol grande e dois corações e uma flecha no meio; eu me sentindo muito bonita a cada olhar do Eduardo; eu querendo mais e de tudo; eu achando que afinal o menino Uelinton podia ter um grande futuro e perguntando o que era aquele machucado na orelha, e ele negaceando e não querendo conversa, e eu me lembro de, brincando, puxá-lo para perto e levantar sua camisa e ver suas costas lanhadas, marcas de vermelho vivo, nas costas inteiras, marcas de cintadas, e ele bravo dizendo para deixá-lo em paz, que não queria mais saber de mim, que eu ia embora mesmo e nem sequer entendia de matemática.

Mas eu queria falar do seu Adolfo, queria me lembrar dele. Os casais vieram e sujaram tudo. Precisei limpar a casa inteira, a casa inteira cheirava a casais e queijo. Detesto queijo. Talvez tenha sido melhor assim. O que sei do pai de Nicole? O que já soube do marido de dona Carlota? Foram inventadas tantas coisas, eu mesma inventei. Milu insiste em que ele assassinou a filha da mesma forma que uma pessoa assassina ao jogar uma ninhada de gatos recém-nascidos na avenida Brasil. Os carros que os espatifam são apenas o infeliz acaso. Milu acreditou na história montada por Luiz. Milu diz que a história não foi montada, que seu Adolfo sempre foi ruim. Que o fato de ser pobre e alcoólatra não o isenta de nada, ao contrário, ao contrário, Mariana, você não enxerga que é justamente ao contrário? O que ele fez com o dinheiro da indenização? Me diz, me diz o que ele fez? Torrou, bebeu, cheirou, veio te chantagear, e não adianta dizer que não. Ele é de carne e osso, Nicole era de carne e osso, as pessoas de carne e osso podem ser ruins, podem morrer, podem querer o mal. Milu me lembra muito Jorge. Ela não consegue admitir que sou de carne e sangue também, que posso ser ruim, mentir.

20. SEU ADOLFO

Minha adaptação demorou dois meses mais que a dos meus filhos. Deixava-os na escola e não tinha vontade de voltar para casa sem as crianças, ia passear no Jardim Botânico. Às sete e meia o portão dos funcionários já estava aberto e era um privilégio passear na alameda dos paus mulatos, no caminho da imprensa, no orquidário com o ar ainda fresco da manhã e sem o enxame de gringos branquelos matraqueando baboseiras sobre a *rainforest*. Cruzava com dona Carlota e Nicole. Muitas vezes as acompanhava até sua casa e aceitava um cafezinho. Dona Carlota era gentil e triste. Eu ficava falando sobre meus filhos, sobre minha dúvida se eles precisavam mesmo ir para escola, se não seria melhor ficarem comigo. Não atinava que estava falando de filhos sãos para a mãe de uma criança débil, um paviozinho de vida. Mas não importava, falava do meu desejo de ficar sempre perto dos filhos, do quanto eu precisava deles e nisso éramos iguais. Sãos ou débeis, era de nós que falávamos, que eu falava. Voltávamos as três juntas do passeio para sua casinha florida. Ajudava dona Carlota a passar Nicole para a cadeira de vime e a amarrá-la com as faixas acolchoadas que a mãe havia costurado, de forma a deixar os movimentos dos braços e pernas livres mas evitando o risco de uma queda. Havia dias, quando me demorava mais, e no começo não tinha ânimo de ir a lugar algum, que ficava lá vendo dona Carlota cuidar de seu jardim, arrumar a casa, pedir licença para ir trocar Nicole — nesses dias acontecia de ver seu Adolfo acordando. Ela cuidava dele da mesma forma que cuidava de Nicole. É verdade que sem afeto, mas com a mesma calma e eficiência. Ele resmungava, saía sem camisa do quarto e sentava à mesa esperando que dona Carlota passasse um café fresco, requentado jamais. Ligava a televisão e assistia ao programa da Xuxa. Queixava-se do calor, das moscas, que a camisa estava mal passada, que dessa forma ia acabar indo embora de novo e aí, minha velha, e aí não sei quem vai buscar a sua pensão, agora que colocaram aquela escadaria na agência do banco, não sei não, velha ingrata. Seu velho está ficando velho também, e você só cuidando das flores e dessa aí que não presta. Saía de casa resmungando, cumprimentava-me com a cabeça baixa e nem olhava para a filha. Dona Carlota não respondia, apenas fazia o que o velho pedia. Eu tinha a impressão que a agressividade de seu Fifinho era calculada. Resmungava, sujava a casa, deixava cair café na toalha e cinza no chão, mas parecia haver um limite acordado que ele não ousava transpor. Na primeira vez que o vi acordar, levantei-me e me despedi. Dona Carlota pôs as mãos em meus ombros e fez um gesto que devia esperar e não me preocupar com aquele barulho, já ia passar. Acho que ela gostava de mim. Acho que Nicole não gostava de mim. Quando me via no Jardim Botânico ou na rua, franzia o cenho, abaixava o rosto e começava a puxar o vestido da mãe.

Dona Carlota engravidara de Nicole já mais velha. Ela fora muito ligada ao pai viúvo, segundo dona Filó, a vizinha fofoqueira. Seu Natal, o pai, já estava velhinho e não permitira que ela se casasse, dizia que ele cuidaria do nenê, que sua filha não iria se casar com um carioca folgado. E assim, dona Carlota não se casou. O bebê nasceu e era uma menina linda. Seu Natal era só dengo para sua Nicoleta querida, engatinhava no chão incentivando a netinha nos seus primeiros movimentos, ficava orgulhosíssimo com qualquer balbucio e saía contando para a rua inteira que a *picolla* já quase dizia *nono*, mas morreu antes de Nicole completar dez meses.

Sozinha em casa com a filha, dona Carlota cedeu e

Adolfo logo se instalou com ares de dono. Carlota passou a receber pensão pela morte de seu Natal e, para completar o orçamento da casa, voltou a trabalhar no parque. Levava Nicole junto, no carrinho de nenê. Quanto a seu Fifinho, dona Filó não sabia dizer se, nessa época, ele trabalhava, nem o que fazia quando saía de casa. Via-o voltar quase sempre bêbado, às vezes ficava dias sem aparecer. Durante o processo, dona Filó contou ao Luiz que logo que o estrupício se instalou, ele e dona Carlota brigavam muito, que era uma gritaria tremenda. O estrupício — dona Filó não dizia nunca o nome Adolfo nem Fifinho — não suportava o choro da filha, não queria que a mulher fosse atender a pequena. Todos gritavam, a menina parecia sufocar de choro. Depois passou. Dona Carlota ficou mais paciente, desistiu de trabalhar no parque e tinha mais tempo para cuidar do marido e da filha. Todos sossegaram e seu Fifinho, nessa época, ficava mais em casa, até ajudava um pouco a mulher. Depois, ela não sabe bem, acha que ele viajou, era isso que dona Carlota dizia, não sei se ela que o expulsou, ou se ele engatou com outra. Mas alguns anos depois, voltou daquele jeito que eu tinha conhecido. Macambúzio e triste. Dizia que trabalhava de apontador do jogo do bicho lá para o Centro. A vizinha fofoqueira teve muito prazer em passar toda essa ficha ao Luiz, ela detestava seu Adolfo, dizia que certamente ele tinha era parte com os traficantes, que haveria de se encontrar armas e drogas escondidas em casa. Nada disso foi confirmado.

Verdade ou não, quando os conheci eles não brigavam, dona Carlota não se abalava com os maus modos do companheiro, eram maus modos mansos, de um homem triste.

Hoje penso triste e talvez quando sentava-me no jardinzinho caipira também soubesse dessa tristeza, mas não foi isso que contei a Luiz. Foi minha memória alucinativa que me traiu, da mesma maneira como traiu-me ao lembrar de meus filhos como crianças pequenas no dia do acidente? Penso que não. Não houve inocência, quem inventou o que conto foi meu medo. Contei que Nicole estava em sua cadeira de vime olhando a mãe agachada na terra podando uma roseira. Eu a olhava com atenção para aprender o ponto certo de se cortar o galho. Uns resmungos e o barulho da descarga sinalizaram que seu Fifinho acordara. Apesar do velho começar a reclamar por seu café, dona Carlota continuou com calma o que estava fazendo. De repente ouvi o ruído da cadeira de vime virando e, quase no mesmo segundo, a gorda e baixinha dona Carlota dando um pulo e segurando a cadeira antes de ela cair com Nicole, fitando o marido com ódio. Ele tinha os olhos vidrados, muito abertos e balbuciava — perdão, perdão Carlota, eu não... eu não. Carlota grunhiu, sua voz parecia sair das vísceras, seus olhos faiscavam. Nicole se agitou, a mãe virou-se para acalmá-la e o velho sumiu.

Essa era a cena de que eu lembrava e não podia me lembrar, naqueles dias. Foi essa cena que descrevi para Luiz no dia seguinte ao do acidente, exatamente com essas palavras intensas que hoje não me parecem condizentes com aquele casal de velhos e ainda acrescentei uma perversidade — Será que ele já havia tentado machucar a menina antes? Luiz montou minha defesa.

II. SEGUNDA SEMANA

21. LIMPEZA

A casa limpa começa a rachar. Ouço estalos, minha pele está seca. Não deveria ter passado álcool, sequer água. O certo é deixar sempre uma camada de gordura. Nesta terra tudo quebra se mexemos muito. Tenho dor no estômago. O álcool piora, é verdade, mas não tem jeito. Continuarei bebendo, fumando, escrevendo e tentando não mentir. Deixei de tomar os remédios, todos. Um risco, é uma dosagem alta de antidepressivos e ansiolíticos. Parar de uma hora para outra é receita certa para a crise. Qualquer dificuldade, como não acertar a linha no buraco da agulha, pode ser motivo para gestos extremos. Mas estou aqui para isso mesmo e irrito-me com a demora. Não acerto o ponto. Remédios facilitam a vida mas não a escrita. Reli o que escrevi nessa primeira semana e não me suportei. Reconheci-me, é certo, disso não há dúvida, essa menininha mimada toda nhém-nhém-nhém sou eu mesma, mas é muito chata, meu Deus!

É a escrita feminina no que ela tem de pior. Miúda, subjetiva, vaga. Não se pode segurar nada, o texto escorre molengo, melado, sobram entre os dedos coágulos escuros que não dão tônus algum, apenas nojo. Fiquei menstruada anteontem, enquanto relia essa coitadinha. Agora estou livre e limpa. O inchaço se foi. Tenho apenas duas semanas, elas serão enxutas.

Hoje é segunda-feira. Segunda segunda-feira. Comprei sal grosso para colocar no banho noturno. Antes passarei óleo de amêndoa doce e não usarei sabonete. De manhã, meia hora de sol sem vidro no meio. Sol com ar de fora. A natureza cuidará de mim e será o que tiver que ser.

Fui à delegacia com Maria Alice, uma sócia júnior que Jorge mandou. Menina morena e eficiente, sapato alto e tailleur, com um resquício de cocota de surfista na sua fala jurídica. Zito guiava e ela explicava o que aconteceria. O delegado Vicente é gente boa, vai colher suas declarações para completar o inquérito e enviar o relatório ao juiz. Procedimento administrativo, está limpeza. Maria Alice, a menina morreu. Sim, isso complica um pouco as coisas, não vai dar para propor a suspensão da ação, com o novo código não é tão fácil, vamos tentar isso mais à frente. Com vítima fatal instaura-se o inquérito, não há como escapar. Mas está limpeza. Como limpeza? Eu matei Nicole, não matei? O seu Adolfo vai estar lá na delegacia? O corpo de Nicole já foi liberado? Quando vai ser o enterro? Já foi. Mariana, não fique assim, não precisa se preocupar, Luiz já cuidou de tudo e eu estou aqui, não vou embora

Que repetição patética. Deprimi. Não mandei à merda, deprimi. Cheguei assim na sala do delegado Vicente, o gente boa.

Salamaleques, cafezinho, água. Perguntas sobre o sogro, divagações sobre a dificuldade de uma pessoa honrada como dr. Régis de Queirós ocupar um cargo público de tamanha importância, ministro da Justiça, minha senhora, ministro da Justiça, não são muitos os que chegam lá, e ainda bem que é o dr. Régis, se fosse eu já tinha mandando prender essa corja toda, mas não pode, eu sei, por isso que não dou para político, continuo aqui, nessa delegacia de merda. Me perdoe, mas é que a coisa está ficando feia, sabe?

Sorri por educação, bom-dia.

A senhora ri? Positivo, tem carro novo, pode pagar vigia, põe alarme na casa, positivo, está no seu direito rir. Mas mesmo com muro, alarme, vigia e tal acontece, a senhora sabe. Aí acontece o quê? Madame vem aqui dar queixa de assalto, roubo de carro e eu mando o escrivão preencher BO só para constar. É minha obrigação, me pagam para isso. Mas fazer o quê depois? Mandar quem atrás do marginal? E tem mais, qual é a testemunha que fala, que reconhece? Reconhece nada. Se reconhecer o marginal, sabe que no dia seguinte morre. Essa canalhada não é gente, é polvo, um braço pode até ficar aqui preso, mas os outros estão lá fora matando quem entrega, é isso, dona. E não posso fazer nada.

Erro grave, ter sorrido.

O ministro é um homem ocupado, tem ainda essa corja sem-vergonha dos procuradores arrumando confusão por ninharia, por direito humano de estuprador, veja se tem cabimento. Direito humano para animal! Ah, vá se catar. Meus homens aqui dando um duro danado, tendo que trabalhar de vigia de doutor para poder dar de comer aos filhos e esses babacas de escritório vindo me amolar com direito humano de um animal, o que é isso? É animal mesmo, o bicho é frio, mau. A gente olha nos olhos e não encontra alma nenhuma lá, só ruindade da pior, e fria, dona, gelada. Madame está me entendendo?

Madame demorou a entender.

Quero ver o dia que estuprarem a filha de um deles,

que eles forem lá, no campo, sabe? Trabalho de campo, nada a ver com ar condicionado, campo, e ver aquela pererequinha toda rasgada, arrebentada, um rombo quase maior que o corpinho, e aquela carinha de anjo, isso não pode ser gente. Imagine se fosse sua filha, Madame. Não, só imagine, com a graça de Nosso Senhor Jesus Cristo não vai acontecer, não é isso que estou dizendo, mas só imagine se fosse sua filhinha bonitinha, perfumadinha e tal, imagine, a pererequinha de sua filhinha só sangue, a senhora imaginando o tamanho do que fez aquilo, só pense. Como a senhora ia reagir? Ia mandar matar, não ia? Pois é.

O coração de madame aperta, meus ombros se contraem e os dentes rangem. Fumaça e barulho.

Então vêm esses garotos ainda cheirando a leite me dizer que não posso bater, que não posso foder com um sangue ruim desse? Desculpe senhoras, desculpe. São essas coisas que tiram a gente do sério. Eu sei, sei que o ministro não tem tempo de olhar para nós. Mas se ficar muito tempo sem olhar para o povo daqui a pouco vai ser ele o prejudicado, a coisa pode demorar mas acaba chegando na neta dele também. A senhora não me entenda mal, não estou criticando não. Longe de mim, quem sou eu?

Dr. Vicente, dona Mariana de Queirós veio aqui para o termo de declaração, o senhor sabe, aquele acidente com a menina excepcional. Maria Alice estava com pressa. Eu. Eu, bem. Eu vi, imaginei e perdi a razão. Transformei-me na Madame do dr. Vicente.

22. O DEPOIMENTO

O verbo de Madame eu.

— Mas esse lugar é muito abafado, que horror. Como o senhor consegue trabalhar num pardieiro desses? Não tem faxineira? Olhe seu delegado, não é só verba que resolve as coisas, um pouco de capricho não faria mal. Maria Alice querida, onde está o papel que eu preciso assinar. Não posso ficar aqui conversando à toa, sou uma senhora ocupada. Você sabe, não é querida? Tenho um almoço e não vou chegar lá com esse cheiro de delegacia. Então vamos logo assinar esse tal OB. O doutor. Como é mesmo sua graça, seu delegado? Pois é, seu Vicente, o senhor poderia apressar um pouquinho esse papel?

Dr. Vicente amuou.

— Dona, me desculpe mas não é assim também não. Não é só assinar papel, que a gente chama aqui de BO, BO senhora, Boletim de Ocorrência. E depois o boletim de ocorrência já foi feito, a senhora está aqui para prestar declarações, é necessário para os autos do processo. A senhora precisa dizer nome, profissão, como foi o acidente. Vou chamar o escrivão, sr. Julião, ele vai anotar o depoimento da madame.

— Maria Alice querida, Adriana, a secretária de Jorge, tem todos meus dados, não precisamos perder tempo com isso. Não poderíamos fazer como com o cartório, que o rapazinho vai em casa e eu assino lá mesmo?

Saí da depressão. Vinham à mente as madames de novela, as falas ancestrais, minha avó vociferando contra a maldita princesa Isabel que acabou com o chicote, chamando empregada de la doméstique; meu tio avô maldizendo o energúmeno que havia terminado com o horário solar de trabalho e imposto esse absurdo de oito horas ao dia; das minhas tias constatando cientificamente a superioridade de São Paulo em relação ao Nordeste graças à imigração europeia; Milu mandando Joel comer tudo senão ia ficar feio como os moleques de rua. Não havia suavidade alguma nesse solo eivado da pior tradição do mundo, o mesmo solo das camisinhas de pagão feitas com algodão pele de ovo bordadas pela tia avó, aquela que chamava todas as empregadas de Maria pois não tinha mais paciência de ficar decorando os nomes dessas fulanas.

— Mariana — fala cochichada de Maria Alice enquanto o delegado ia buscar o escrivão Julião. — Mariana, manera um pouco. O que aconteceu? Eu expliquei que você ia ter que dar declarações.

— Maria Alice, benzinho, sossega, tudo vai dar certo, eu não vou embora.

Minha indumentária não compunha o novo personagem. Calça de moletom, tênis sujo, camiseta básica, mas estava excitada, deixei-me levar numa entrega totalmente a favor da corrente. Atriz do papel para o qual me prepararam a vida inteira, em casa, na escola, nos coquetéis, nos jantares, nas pistas de esqui, nas colunas sociais onde não reconhecia minha tribo, nas mansões de novelas de seres que queria inexistentes, no lado de lá das greves operárias, no lado dos patrões filhos da puta, das madames que exploram suas empregadas, abandonam seus filhos com babás pretas de peitos grandes e gastam seu tempo e dinheiro em cabeleireiro e cocaína. Ia experimentar cocaína, faria escova toda semana. Eles iam ver, dr. Régis, dr. Jorge, dr. Luiz, dra. Maria Alice, dr. Vicente. Serei a mariposa tola e exibida dessa merda fenomenal. Nós, os bem nascidos, nós. Nós, meu amado Jorge, meu querido Eduardo, minha saudosa Cláudia, meu infinitamente doce papai. Essa serei eu, a azeitona na empada assada desde o imemorial bispo Sardinha. Cheirarei mal, usarei todo o Chanel nº 5 do mundo, me lavarei com Paloma Picasso, vestirei os farrapos do Armani, as besteiras do Kenzo. Vou jogar um pano legal por cima de mim e frequentar o ambiente indecente. Farei, serei, prometo. Vou soltar a franga. A gente fina, a filha da chiquita bacana, a senhora cearense que compra as cuecas do marido e consola os maridos alheios.

Mas a verdade é que, imbuída dessa missão épica, caía mais para personagem dos novelistas da Globo do que para a realidade rica que conhecia muito bem. Que possuía o dom da discrição, quando necessária. Que era eu, sempre fui. Pobre menina rica, boa senhora, não. Abriria as pernas escancaradamente, me entregaria de bandeja, com brincos de brilhantes e um colar de grandes conchas banhadas a ouro, sim. Queria o estereótipo puro, total e absoluto, a canastrice do pior nível. Aquela para quem não importa o contexto, o roteiro, o diretor, ela é ela e foda-se o resto. Tarcísio Meira, meu primeiro tesão em *Irmãos Coragem*, Marlene Dietrich mascando chiclete no bar em *Testemunha de acusação*, James Cagney chorando no final de *Anjos de cara suja*. Adeus Liv Ulmann, Nelson Pereira dos Santos e Isabela Rosselini, queria Jece Valadão, almejava Walter Hugo Khouri e reverenciaria Wilza Carla.

O depoimento. Nome, Mariana Toledo Gebara Schlisser de Queirós, profissão, prendas domésticas, data de nascimento, trinta de julho de mil novecentos e cinquenta e nove, local de nascimento, São Paulo, capital, nacionalidade, brasileira. Vamos ao ocorrido. Não sei o que aconteceu com meu carro. De repente começou a andar, foi uma loucura! Pobrezinha da menina, não é? Mas quem sabe não foi melhor para ela. O sinal? Não sei, acho que estava vermelho. Estava verde, Maria Alice? Você está dizendo que estava verde? É isso mesmo? Mas como você sabe, querida? Ah, o

Luiz te falou? Está bem, ele deve saber. Eu sou tão esquecida mesmo, sabe doutor, nunca me lembro desses detalhes. Ah, que inferno. Isso é o que acontece quando mulher dirige, o senhor não concorda, seu escrivão? Pois é, naquele dia meu motorista não pode ir comigo e eu achei que ia saber controlar o carro. Mas que nada. Aconteceu essa tragédia. Que horror, coitada da menina, não é? Não merecia morrer, mas ela não era uma boa menina. Eu sei, era doente, mas isso não justifica. Para mim todos têm que ser educados, não interessa se é rico, pobre ou aleijado, têm que sorrir para as pessoas, dizer por favor e obrigada, cumprimentar. O senhor não concorda, seu escrivão? Posso pedir um favor, seu delegado, não quero ofender, por favor não pense isso, mas daria para o senhor apagar esse cigarro? Sabe o que é, eu não suporto o cheiro. Fica grudado no meu cabelo e não há como sair. O senhor me desculpe, mas é que esse tipo de cigarro que o senhor fuma tem um cheiro muito forte. Supus que ficaria pouco tempo aqui, por isso não comentei nada, por delicadeza, mas vejo que isso ainda vai longe, infelizmente. O senhor entende, não é? Muito agradecida. O carro do crime? Ai, não fale assim, por favor, seu escrivão. Parece até que sou uma criminosa. O senhor não pensa assim, não é, seu delegado? Eu detestava aquele monstrinho, mas jamais pensaria em matá-la, claro que não. Não que ela faça falta para o mundo, mas é que isso não se faz. Depois essa amolação toda de delegacia e tal. Bem, o carro é daquela marca que tem as bolinhas, não, não sei o nome do modelo. Mas está lá fora, com meu bom e fiel Zito, que não deveria nunca ter me abandonado.

Enquanto andávamos para que o escrivão anotasse os dados do carro e orientasse Zito sobre a perícia, ia ajustando meu novo andar que estava mais para travesti do que perua. O escrivão Julião ia conosco e passávamos pelo pessoal da delegacia — polícia, ladrão, repórter criminal — para quem Zito já passara minha ficha (madame, nora do ministro da Justiça), quando puxei o dr. Vicente de lado (infelizmente com as unhas curtas e sujas de barro, não garras bem cuidadas vermelho sangue) e sussurrei em seu ouvido (com meu lábio sempre rachado e sem o batom necessário para a ocasião) com voz alta o suficiente.

— Sabe, seu delegado, são pequenos detalhes que fazem a diferença. O senhor precisa dar um jeito no desodorante que seu funcionário, o escrivão, usa. O cheiro é simplesmente horrível. Vocês homens não são muito sensíveis para isso, mas o senhor deve pensar nas senhoras que precisam às vezes vir aqui. Afinal vivemos numa democracia, não é verdade? Não fica bem. Olhe, vou lhe dar uma dica, lá em casa eu tive o mesmo problema com uma doméstica, eu comprei um desodorante desses mais neutros e embrulhei com um papel bem bonito junto com uma lembrancinha, e dei de presente. Porque, veja bem, eu pensei, se fosse dar apenas o desodorante, a moça ia desconfiar que eu não gostava do cheiro dela e se ofenderia. Com as pessoas simples, o senhor sabe, é preciso muito tato. E principalmente isso de cheiro, as pessoas se magoam se falamos. Nós que lidamos com essa mão de obra desqualificada precisamos achar o jeito.

Maria Alice percebeu a contradição entre a Mariana que ela conhecera no carro e essa dona Mariana de Queirós rebolando como uma drag queen de Copacabana no pátio da delegacia. Ligou para Luiz que chegou quando o delegado acabava de dispensar Zito. O carro tinha sido lavado e polido. Zito tinha muito orgulho do carro novo. Qualquer provável marca do encontro dos metais do carro com os da cadeira de Nicole havia sumido. Dr. Vicente, já sem conseguir se controlar com aquela nora maldita do ministro, ia deixando de ser gente boa.

Após uma conversa ríspida com meu motorista, concluiu, a prova foi adulterada. Positivo, positivo, dispensado. Pensativo com seus botões, olhou para mim, o jogo pode mudar, madame. Pode acontecer, a senhora vê o que eu dizia?

23. LUIZ

Como sói acontecer em se tratando de Luiz, não o ouvi chegar. Sorridente, cumprimentou a todos, elogiou a pintura nova da delegacia, perguntou da esposa do delegado, enviou as recomendações do ministro. Como mágica, desanuviou o ambiente. Uma mágica com cheiro ruim de bom-ar.

— Luiz querido, você tem certeza que o sinal estava verde?

— O que é isso, Mariana, ainda não acabou com as declarações? O escrivão aqui é o doutor Julião. Achei que vinha apenas para te apanhar. E então, doutor Vicente, tudo certo? Podemos ir embora?

— Não, Luiz, você nem imagina, estou nesse lugar horrível há mais de duas horas e me disseram que ainda vou ter que ouvir o depoimento inteirinho antes de assiná-lo. Isso aqui é um sepulcro caiado, como diria minha santa avó. Por fora bela viola, por dentro pão bolorento. Espera só até entrar na sala do seu delegado, não aguento mais. Você me leva embora, querido?

Luiz franziu o cenho surpreso, olhou para Maria Alice que confirmou com um dar de ombros, voltou a me olhar já refeito.

— Mariana, meu docinho de coco, espera um segundo lá fora com o Zito e a Maria Alice que já vou, prometo.

— Ah não, eu conheço você. Vai se animar com a conversa e me deixar lá mofando com essa advogada juvenil. Por favor, Luiz, vamos embora.

— Doutor Vicente, o senhor me permite um segundo só. Preciso ter um particular com dona Mariana. Posso pedir a gentileza de utilizar sua sala? Sim? Muito obrigado. Um instante só.

Conhecia Luiz desde que me mudara para o Rio. Ele era um pouco mais jovem que Jorge, devíamos ser da mesma idade. Fizera uma carreira rápida no escritório, com dois anos de casa já era advogado-associado. Culto e elegante, mudara-se da Tijuca para Ipanema há pouco mais de cinco anos. Estava em seu natural, Viera Souto terceiro andar. Sabia ser conde de três costados e advogado de porta de delegacia, num piscar de olhos transformava-se num lorde inglês discorrendo sobre a perícia necessária para se escolher um bom cashmere, é necessário atenção se não quisermos um pulôver cheio de bolinhas, e noutro piscar estávamos diante de um quatrocentão queixoso da descaracterização de São Paulo pela horda de nordestinos, e era tão sutil que não percebíamos o ponto em que o sotaque amaciava e a postura relaxava, o chapéu panamá lhe cobrindo o olho esquerdo e ele, de terno de linho branco, tirando uma boa baforada do charuto, dizia de seu sempre renovado estupor com a luminosidade de Salvador sobre o casario da Cidade Alta, sobre o único mal daquela terra, seu povo, não tenho nada contra os pretos, apenas contra quem já foi escravo. Podia prosseguir no mimetismo de Luiz páginas e páginas. Não saberia nomear todos seus personagens, ele era mais culto que eu, sua caracterização de cada um muito mais trabalhada e profunda do que a minha pobre perua suburbana. Esse era o dr. Luiz com quem dona Mariana de Queirós iria conversar no pardieiro do seu delegado.

— Mariana, tenho um compromisso daqui a uma hora e ainda preciso te deixar sã e salva em casa. Por favor, ouça a leitura do depoimento, assine a droga do papel e vamos embora, está bem? Por favor, amiga, eu te peço. Faça isso por mim.

— Luiz, é o seguinte, é melhor você se afastar desse caso. Você não se amola, eu não me amolo e continuamos amigos. O que você acha?

— Mas o que aconteceu, você pode me explicar que aconteceu? Nunca vi você ser tão grosseira, Mariana. Aliás de você só conheço atenção e cuidado, principalmente com os mais simples. Esse delegado, pai de família, trabalhador, não merece o que você está fazendo. O que houve com você?

— Eu matei uma menina. E é suficiente. Se além disso tiver que dever favor a você, ao dr. Régis, ao fascista do delegado da esquina, então. Então não sei, Luiz.

Desabei. Chorei convulsivamente, o que não havia feito desde o acidente. Não conseguia parar.

Saí da sala amparada por Luiz. Seu braço pesava quatrocentas toneladas, duvidava se teria forças para me livrar de sua proteção.

24. LEIS

Três e meia da tarde e o sol cai em diagonal sobre a neve. Vermelhos começam a colorir o ar. Vontade de ar fresco e cálido, de ouvir passarinhos, saudades das andorinhas da fazenda que nesse final de dia arremessavam-se contra o muro de pedra e lá sumiam. Vinham em bandos revoltos, buliço, folia, repousavam sobre meus olhos como uma música distante. Saudades de ouvir Elomar vendo as andorinhas sumirem no muro. Viola, forria, amor, dinheiro não. Cabras, o campo que seca, num ser mais empregado e num ser também patrão, violão, celo e flauta. E o grande Deus de Abraão sobre a terra roxa da fazenda de meus pais, sem cabras e com patrões. Louvado seja Deus para todo o sempre.

Passei uma semana na fazenda. Estava bom, só eu e a mãe. Passeamos na mata, colhemos flores, arrumamos vasos. Ela ia organizar o serviço da casa e eu ficava na varanda vendo as andorinhas sumirem nos muros e de lá aparecerem. Mamãe me dava de comer, punha vaso de flor na minha cabeceira. Um dia mimosa, noutro jasmim, noutro ainda rosas. Água fresca no copo e não dizia o que se passava. Do mundo cuidava ela, com seus telefones, notinhas em jornais, não soube de nada, passeava sozinha, deitava perto do lago e cochilava vendo as maritacas evoluírem barulhentas, os casais de seriemas solavancando elegantes sob os grandes espaços das mangueiras e, à tardezinha, despertava com a sinfonia dissonante das cigarras.

Após o depoimento, Luiz ficou em casa comigo até a chegada de Jorge. Ele me olhava, via tormenta, eu era um poço fundo e escuro. Queria saber a lei. Queria um livro com o Novo Código de Trânsito Brasileiro. Jorge explicava que não precisaria me aprofundar, que não seria oferecida denúncia, que o relatório do delegado Vicente junto com os autos do processo, com toda certeza, não dariam qualquer embasamento para denúncia. Dormi até às seis da tarde e acordei com Jorge ainda ou novamente em casa discutindo com o pai ao telefone. Iria sair um artigo sobre o acidente com a nora do ministro num jornal popular carioca, página policial. Dr. Régis estava nervoso, Jorge tentaria ver o que ainda era possível. Telefonou para um conhecido com bons contatos na imprensa, certamente conseguiria evitar qualquer nota sobre o assunto. Jorge explicou, calou, ouviu e agradeceu amarelo. Minha mãe chegou de São Paulo com chocolates da Brunella para as crianças. O conhecido de Jorge confirmara a história de Luiz, que, até então, Jorge julgara inverossímil. Querida, parece que você pirou mesmo. É verdade isso? Dopada, respondia sem peso, confirmava, parece que sim, coração. Parece que sim.

Mamãe levou as crianças para comerem fora. Silvio chegou. Minha guardiã Milu não podia vir, ficou em casa cuidando da catapora de Joel, enviou Silvio, o bom marido. Jorge prosseguia em sua pesquisa.

— O que aconteceu? Quer dizer, de verdade, o que aconteceu?

— Eu me senti envolvida por pessoas muito ruins, Jorge. Muito más. Me senti ameaçada pelo delegado. Não sei como explicar. Percebi que. Você vai achar besteira, eu sei. Eu mesma não. Quer dizer. Você não devia ter mandado a Maria Alice, Jorge, tudo começou aí. Por que Luiz não pôde ir?

— Mari querida, minha sinhá Cotinha, as pessoas trabalham. O seu caso é triste, eu sei, foi horrível, mas acabou. Não dá para pedir ao Luiz para abandonar o que está fazendo para ir servir de babá. Seria isso, entende? Você só ia prestar um depoimento, era simples, não entendo como a coisa se complicou. Mas queria entender.

— Jorge, por que o dr. Régis estava tão bravo?

— Porque ele não precisa de mais confusão com a polícia. O clima já está bastante ruim, esse seu caso é corriqueiro, mas pode também ser usado como uma pequena troca de favores. É assim mesmo, não tem nada de mais. Mas se você não colaborar, quer dizer. Como explicar? É tão límpido. O delegado não precisa fazer nada mais que sua obrigação, mas, por você ser quem é, ele vai naturalmente complicar para poder mostrar serviço, entende? Mais adiante vai cobrar, fica anotado no caderninho. Tudo bem, é assim que funciona. Mas qualquer dificuldade a mais a conta vai crescendo. Agora tem também o cara da imprensa. E através dele algum repórter filho da puta de porta de cadeia que também já tem lá sua pequena anotação. A receber, a pagar. O de sempre, o mundo se resume a isso, meu anjo, débitos e créditos.

— Foi isso o que vi quando o delegado me provou como graças a ele Gabriela ainda não tinha sido estuprada e morta. Foi exatamente isso. E eu não quero dever a vida dos nossos filhos a ele, Jorge, eu não queria isso.

— Do que você está falando? — Silvio.

— O merdinha do delegado fez seu terrorismo habitual para se mostrar necessário.

— Querido, acho que eu deveria ter ido ao enterro. Queria ter sabido, pelo menos.

— Não se preocupe. Foi um enterro decente. Compramos um terno para o pai da menina, Luiz foi cuidadoso, acompanhou o velho o tempo todo.

Serviram-se de uísque, Jorge me deu um copo de vodca. Meu marido contava o ocorrido na delegacia a Silvio, suas palavras transformavam meu teatro burlesco em realidade crível. Seu relato era o espanto de Maria Alice com as amenizações de Luiz, ele sabia disso, colocava filtros, mas não eram suficientes, descortinava-se ali uma mulher grosseira.

— Dizem que o poder revela, mas o medo também tem

esse dom — Silvio submergia —, arranca de nós personagens insuspeitos.

— Mas eu não estava com medo. Estava com raiva. Pensei que chegaria lá, diria o que tinha acontecido e acabou. Mas o delegado, o policial que nos recebeu, o escrivão, Maria Alice, todos ficavam falando e falando e falando, eles diziam, não se preocupe, nós vamos te proteger da lei. Eu fiquei com medo. É verdade, Silvio, eu fiquei com muito medo. Se eu não ia ter lei, então.

Começava a chorar um choro com raiva de estar chorando. Dizia entre soluços: — Mas se eles vão me proteger da lei, então eu vou ser prisioneira deles. Por que eu vou estar melhor com eles? Por que aquele torturador fica falando da pererequi. — Urro de ódio, vergonha e medo.

— Mari amiga, isso é bobagem. Não fica assim. A lei não protege nem ameaça ninguém, entende? Se eu pensasse assim ficaria em pânico também. Mas não é assim.

— Escuta, Silvio, existe um código, existem leis, coisas escritas, sólidas, é disso que eu estou falando. — Gritava balançando o copo, derramava vodca, ia buscar um pano para limpar e continuava falando — Não importa o delegado, o ministro, elas estão lá, é só ler e ver qual a punição. Pronto, é tão seguro isso, porque é claro, não depende da boa vontade de ninguém, de favor nenhum, de merda de delegado e polícia nenhuma. É disso que eu estou falando.

— Pois é isso que não existe, querida, sinto te informar. As leis não falam, as leis são mudas, as leis são o que um tribunal disser que elas são. — Silvio não se abalava com lágrimas e gotas de vodca, ele tinha agarrado um fio, era lá que ele estava. — Por isso são feitos os julgamentos para os quais são convocadas essas mesmas leis.

— E do qual fazem parte — Jorge estava aqui, me

olhando em minha superfície molhada, querendo me proteger de mim — o delegado, o ministro, o jornalista.

Adormeci. — Talvez fosse melhor você ir descansar uns dias na fazenda comigo, filhotinha — o som de minha mãe voltando do quarto de Gabi e Tom —, ficar longe do movimento.

Murmurei em sonho, está certo mãe, eu vou.

25. O CÓDIGO DAS ANDORINHAS MÃES

Quase nenhuma cidade do interior tem livraria, mas todas têm livros jurídicos. Após três dias apenas de mãe, flores e andorinhas, comecei a ler sobre nossas leis.

As palavras são novas. É como uma língua estrangeira. Qual a diferença entre delito, infração e crime? Dolo e culpa? Ao contrário do que parece, dolo é pior do que culpa. A culpa abrange tudo, mas há culpa sem dolo. A dúvida, portanto, é adjetiva, o substantivo existe. Tenho culpa — conduta negligente e imprudente, sem propósito de lesar, mas da qual proveio dano ou ofensa a outrem —, mas será que tive dolo, vontade conscientemente dirigida ao fim de obter um resultado criminoso ou de assumir o risco de o produzir? O que leio nos livros não ilumina minha vontade passada, mas as tardes com as andorinhas me levam para trilhas perigosas.

Fui negligente, imperita e mais. Comecei a me irritar com os cuidados de mamãe. Chá de cidreira verdadeira, broinha de milho feita com fubá socado na fazenda, suspirinhos minúsculos com raspas de limão, suco de lima colhida na hora, morangos especiais que crescem sem tocar o solo, cuidados — cuidado Mariana, eu me alertava, cuidado. A contrapelo do sono, lembre-se, as leis, o escrito, tudo isso existe sim, está aqui, entenda, estude, cuide para que não te cuidem. Minha mãe percebia a hostilidade e evitava discussões.

A lei era clara, mas não os procedimentos. Temia que fizessem um acordo com o velho seu Fifinho, que não fosse oferecida denúncia. Nos livros lia que isso seria impossível, mas a impossibilidade de ser acusada e presa estava inscrita em material mais perene que tinta e papel. Atormentava-me a ideia de ser conivente com o errado. As tardes com as andorinhas iluminavam um canto mais sujo. Lembrei que nos últimos anos nunca mais fora visitar dona Carlota. O tempo passou e eu me distanciara. Soube de sua morte, enterro às 17 horas de uma segunda-feira no cemitério do Catumbi. Disse à vizinha que me telefonara que iria, apesar de Milu avisar que era loucura. Cemitério do Catumbi no final do dia, os tiroteios eram frequentes ali perto e já estaria escuro na saída. Disse que iria. Lembrei com carinho da voz de dona Carlota, de sua paciência com meu desamparo. Um tempo passado que retornava com a notícia da morte, um cheiro bom de rosa. Não fui, esqueci.

Seu Adolfo passou a esmolar, eu o ajudei algumas vezes — roupas velhas, um remédio —, mas o evitava. Ele andava imprudentemente com Nicole pelas ruas próximas à escola. Ziguezagueando entre os carros, sem ligar para os sinais. Milu contou que um dia estava manobrando quando o velho surgiu com Nicole e sua cadeira atrás do carro. Ela quase bateu e ele não se assustou. Quando a luz tocava nesse canto da memória, eu balançava com força a cabeça. Xô passarinho, xô buliço, sai. Esses devaneios enchiam-me de raiva. Raiva de seu Adolfo, de Nicole, da voz de minha mãe que se aproxima.

Rosilene vinha junto, corada e alegre com uma cestinha de pães de queijo fumegantes e cafezinho fresco. Na fazenda, gente tem cor, café tem cheiro, ar tem brisa. A gente tem tempo. Saio de boca cheia, com uns pães no bolso e vou com a mãe dar uma volta enquanto seu Cristóvão arreia os cavalos para o passeio da tarde. Ele está velhinho, curvo, faz tudo devagar. O rapaz que o ajudava, Rafael, era bem apanhado demais e Gabriela começara a interessar-se por equitação mais do que o razoável, o rapaz foi para o gado e agora tínhamos muito tempo para conversar antes de os cavalos estarem prontos. O muro de pedra que ladeia o parque do lado direito está cheio de ninhos de andorinhas, nos vãos entre pedras. Elas não entram e saem. Elas somem e elas surgem. São as mesmas? É tão rápido, como não se espatifam? Ou se espatifam, se desintegram a cada vez que regurgitam vermes transformados em comida no biquinho dos filhos? A cada vez que desaparecem transformam-se em comida, em peitos, depois surgem penas vazias à cata de minhocas, lesmas, besouros, baratas, em busca do mundo a triturar e transformar, maquininhas de matar, de moer, de dar. E se as andorinhas filhinhas comerem demais e ficarem tão gordas que não consigam sair de dentro do muro, nunca mais? E se o pau do homem cresce tanto dentro da gente que entala? Não sai nunca mais? Tinha medo disso. Quando era menina. Sei que se Gabriela estivesse em meu lugar eu estaria exatamente no lugar de minha mãe, limpando os farelos de pão no meu queixo, ajeitando meu cabelo do qual ela se orgulha muito. Leis privadas de mães e filhas.

26. SEU GUARDA

Sempre respeitei a lei. Mas sou distraída, e grande. Tenho muitos ossos, o carro também era grande. Quando se é grande e distraída fica difícil não fazer mal aos outros. Não há consciência que chegue para cobrir todos os espaços que se movem quando andamos. É necessária uma atenção redobrada, Jorge dizia, para não sermos machucados, pois estamos espalhados por muitos cantos, casa, carro, fazenda, cachorro, roupas, amigos, relações, extensos flancos a cuidar. No trânsito, pensando sobre a campanha publicitária que faria, o raciocínio invertia-se, e as posses uniam-se em um corpo monstruoso e descoordenado, um orc devorador de florestas. A buzina de um carro atrás tirou-me do devaneio. Era uma manhã radiosa de inverno carioca, Nicole ainda não fora ceifada por meus passos distraídos, a desordem do mundo parecia-me, então, apenas a adversária necessária para o bom combate. Segui guiando pela Jardim Botânico com o Corcovado à frente, a pedra da Gávea no retrovisor e o Parque à minha esquerda. No trânsito parado, eu brincava de percorrer os espelhos de meu carro e abarcar, como uma lente de 180º, os pontos notáveis do Rio de Janeiro. No espelho esquerdo, a alameda dos paus mulatos, pernas musculosas de gigantes dourados. Entre os carros andava um senhor longilíneo e amêndoa, com roupas brancas, apenas uma perna e apoiando-se num cajado alto, esmolava sereno. Quando os carros andavam ele ficava no meio do movimento, o pano branco de sua perna sem perna tremulava, e ele imóvel. Imaginei Deus nos olhando lá de cima, um bando de formiguinhas barulhentas indo de lá para cá, pequeninas e cheias de si no meio da imobilidade grandiosa da natureza, e aquele ponto branco-amêndoa fazendo parte do vagar dos rochedos. O homem passa levando minha esmola e entra no retrovisor. Os sinais abrem e fecham e ninguém anda.

Interrompo meu gesto de ligar o rádio ao perceber que já estava ligado. Frequentes momentos de devaneio, desde que comecei a trabalhar. Estava indo para a produtora de vídeo do meu amigo Otávio. Ele me pedira que desenvolvesse uma proposta para a campanha de educação no trânsito que iria acompanhar a implementação do Novo Código no Rio. O governo do Estado estava bancando e haveria uma concorrência pública para a qual todas as produtoras e agências importantes do Rio e São Paulo enviariam propostas. Já vinha fazendo outros trabalhos para a produtora dele e topei tentar. A novidade da nova lei não era o que você não podia fazer, mas as consequências que sofreria caso fizesse. Num dos filmes coloquei um garotão tipo surfista, guiando e ouvindo reggae, com a namorada do lado, os dois rindo e suingando com a música, passam por Leblon, Ipanema, beira-mar de um dia lindo, um pouco anúncio de carro. Sem destaque o sinal vermelho surge junto com o céu e as palmeiras, o rapaz segue na velocidade em que vinha e o foco se fecha no rosto de um menino atravessando na faixa de pedestres correndo. Fecha em seu rostinho de pânico com as mãos na frente tentando se proteger da colisão. Ruído da batida já sobre fundo vermelho vibrante com grandes letras pretas — Ele Morre, Você é Preso. Depois corria um texto sucinto do artigo aplicável para o caso. Em todos os filmes os motoristas eram pessoas legais, de bem, em situações cotidianas na paisagem carioca.

Os carros começaram a andar, lembrei que estava bem atrasada, mais à frente havia uma possibilidade de escapar do engarrafamento. Uma pequena conversão irregular e pronto, o guarda estava lá. Documentos etc e início de conversa. A senhora fez uma conversão irregular. Eu não sabia. Não poderia ter feito isso. Sim, senhor. Vou ter que multá-la. Sim senhor, está certo. A senhora fez uma conversão em local proibido. O senhor pode me multar logo, por favor? Estou atrasada para um compromisso. A senhora entendeu que fez uma conversão irregular e que eu vou multá-la? Sim, entendi e estou esperando a multa. Se a senhora entendeu, então está bem, não vou multá-la, mas não faça mais isso, hein? Da próxima vez não poderei aliviar.

Todos nós, em seu devido lugar hierárquico, somos deuses. Temos poderes e não deveres. A argumentação dos filmes da campanha baseava-se em deveres. Os concorrentes haviam optado por uma linha mais leve, dos poderes. Você pode parar antes da faixa de pedestres, você pode não fechar os cruzamentos, não parar em fila dupla quando for buscar seus filhos no colégio, isso é legal, é sofisticado, você vai ser primeiro mundo, gente fina. Os meus filmes diziam: é seu dever parar no sinal vermelho, é sua obrigação dar preferência aos pedestres etc. Ganhamos a concorrência e agora iria produzir os filmes e fazer a assistência de direção. Trabalhar, organizar, produzir, estava feliz. Mesmo no diálogo com seu guarda, era feliz; pensar, refletir, raciocinar, entender o mundo e dominá-lo. Perdoar é magnânimo e punir, impessoal; a lei pune, o homem perdoa. Entendia seu guarda, podia enfrentá-lo, multe-me logo, agora às três, que eu tenho um compromisso e não posso faltar por causa de você.

As contravenções alimentavam minha euforia, assim como o analfabetismo a do professor, a doença a do médico e a miséria, não pensava na miséria. Entrei para a associação de moradores do bairro e distribuía cartas aos vizinhos contra os cocôs de cachorro nas calçadas, contra os vendedores ambulantes, alertando para a maneira correta de amarrar os sacos de lixo, participava de reuniões na Prefeitura exigindo maior vigilância sobre os escapamentos dos ônibus, o barulho após às dez da noite. Em minha alucinação, comecei a me sentir, eu sim, um Deus responsável por alterar. O quê? O jeito, o tato, o molejo. Ia perdendo os resquícios da ternura que a maternidade me trouxera.

27. MEU PAI

Ainda na fazenda, sexta-feira, meu pai apareceu para almoçar e passar o final de semana. Tirou uma tarde de folga para ver a filha querida e a mulher amada. Comentou minha cor, boa, o andamento das obras, sempre atrasado e incorreto, o sabor do pernil, talvez devesse ter ficado um pouquinho menos cozido, o tempo maravilhoso. O arroz-doce da sobremesa deveria ser servido morno, e não gelado, o cafezinho estava especial, vindo da fazenda de uma amiga e moído na hora. Precisamos agradecer com uma cesta de mangas.

No passeio após o almoço, nos sentamos à beira do lago, no caramanchão das alamandas ferrugem, admirando as seriemas e as mangueiras. Antão, seu dogue alemão, sabia que não podia persegui-las. Ficava inquieto, olhando humildemente para meu pai, apoiando sua cabeçona com a boca babada no joelho do dono, implorando permissão para seus instintos. O dono dava-lhe uns tapinhas felicitando-o distraído. Antão deitava a seus pés, cobria os olhos e os ouvidos com as enormes patas. Meu pai estava preocupado comigo, tinha recebido notícias por mamãe ao longo da semana e não gostava do que via se desenvolvendo. Não gostava também de introduções.

— Mariana, você agora tem filhos, marido, ao tomar uma decisão tem a obrigação de pensar neles também.

— Eu não tenho que tomar nenhuma decisão, pai, estão tomando por mim. Estou só quieta aqui, no regaço da mamãe, tomando suco de laranja lima com broinhas.

— Sem ironias, por favor, é sério. Se não quer conversar, não conversamos. Mas se é para conversar, por favor minha filha, eu te conheço, tire esse arzinho firifífi.

— Acho que não quero conversar.

— Então está bem. Se você prefere assim, está bem.

Levantou-se e foi dar umas voltas ali por perto. Verificava cada mangueira, cutucava o chão com um pedaço de pau colhido ao acaso, brigava com Antão. O cachorro estava acostumado, continuava a seguir seu dono abanando o rabo. Meu pai batia com o pau nos troncos, dava voltas em torno de si mesmo e esbarrava no cão, brigava novamente.

— Então, Mariana, no que você tem pensado?

— No que eu fiz, pai, na minha vida.

— Conversei com Jorge ontem, ele está bastante preocupado com você, você sabe.

— É, eu sei. Deve estar sendo um problema para o dr. Régis. Mais um.

— Sem firififi, por favor, querida. Jorge está preocupado com seu estado, isso que quis dizer. Você entendeu muito bem.

— Eu estou melhor. Estou com saudades de Tom e Gabi.

— Luiz vai acompanhar seu caso?

— Acho que sim, pai. Jorge quem resolverá isso.

— Então está tudo bem?

— Não sei. Não sei o que vai acontecer.

— Mas você não vai encrencar, não é?

— Pai, eu quero conversar e não quero fazer firififi nenhum, mas.

— Mas o quê?

— Mas eu matei a menina, entende? Existe uma pena prevista para o caso, é isso.

— Sim, e aí?

— Nada, só queria que deixassem a coisa seguir seu curso.

— E qual é o curso?

— O que está previsto, detenção.

— Você quer ir presa?

— Não. Quero ser julgada sem favores, é isso.

— Não, o que você está dizendo é que já se julgou e merece a pena de prisão, é isso que está me dizendo. É correto? É isso mesmo?

— Não foi isso o que eu disse.

— Mariana, você está de novo firififizando, só que para cima da justiça brasileira.

— Justiça brasileira.

— Pois é, é esse o ponto. É a que temos, é o que somos, é o nosso país. E nesse país, aliás como em vários outros, ninguém lê o código e resolve e diz, prendam-me. Há todo um procedimento necessário, do qual faz parte o seu advogado, filha. Você percebe sua prepotência? Não precisa de advogado, juiz ou promotor, já resolveu tudo. Você errou ao atropelar a menina e está errando de novo agora.

— Está bem, pai. Talvez esteja errada.

Para felicidade de Antão, levantamos e continuamos nosso passeio. No pasto, um garanhão cavava o chão, bufava. As éguas estavam no pasto vizinho com seus potrinhos, ele queria arrebentar a cerca. Meu pai ficou admirando sua fúria. Segui pisando em folhas secas.

28. CASA

Tudo funciona nessa casa que não é minha. A filipina vem de manhã, limpa. Vai embora antes do almoço, não fala. Gabriela, Tomás, amigos e primos jogam RPG na sala. Um jogo que não entendo, alegria e comunhão que esqueci.

Nada funcionava, quando voltei da fazenda para a casa. Nada. Cheguei no domingo à noite e a televisão não pegava bem canal algum, interferências de uma rádio evangélica misturavam Deus com Cid Moreira; os telefones não se comunicavam, o sistema de ramais foi para o espaço e o telefone tocava onde bem queria; uma de nossas três linhas emudeceu; o boiler não acendia; dois banheiros, um após o outro, tiveram vazamentos, quando se tomava banho chovia na sala de jantar; a cozinheira, que sempre roubou, finalmente roubou o que não podia — o relógio que Jorge ganhara do dr. Régis quando entrou na faculdade — e foi demitida; fui fazer uma faxina na despensa e os cupins haviam despedaçado todas as prateleiras de seu-sei-lá-o-quê tratadas especialmente — o dobro do preço — com líquidos à prova de cupins; Gabriela e Tomás pegaram piolho na escola; tinha que organizar um jantar, na quinta-feira, para dezesseis suecos da matriz de um dos principais clientes do escritório; a campanha publicitária sobre o novo código de trânsito — que eu havia terminado logo antes do acidente — começou a ser vinculada na televisão, junto com o som do pastor evangélico — Sai Satanás, Ele Morre, Demônios não impeçam o Poder de Deus agir, Você é Preso, Cristo Salva.

Agi. Lavar os cabelos das crianças com cheiros horríveis, longas sessões de catação de piolho ao sol, pente fino, queixas, fraldas enroladas nas cabeças encharcadas de vinagre. Já não eram pequenos e odiavam a catação, o pente fino, o cheiro de vinagre. Fazer o quê? Dois trombudos em casa enquanto atendia o encanador — vai ser preciso quebrar tudo, dona, não tem jeito; para ajustar a antena o técnico quebrou vinte e oito telhas, provocando várias goteiras; o moço do sistema telefônico — tem que trocar a central, o vazamento do banheiro entrou e deu curto em tudo, não tem jeito; o fortão da Telerj — esse foi simples, a linha desemudeceu para ficar horrível como sempre foram as linhas do Rio; a firma de dedetização verificou a casa toda, joguei fora as estantes da despensa — as com larguras diferentes para xicrinhas de café e aramados para as cebolas e alhos e divisões verticais para as bandejas e penduradores de toalhas e gavetas forradas de feltro bordô para os talheres de prata — e foi preciso injetar veneno na casa toda, em todas as portas dos armários, gavetas e tudo mais, estragando a pintura.

Que mais? A cozinheira. Maria-Branca me irritava pela subserviência, mas cozinhava muito bem e mantinha os espaços visíveis limpos. Gostava de cozinhar para muita gente, ficava feliz quando as crianças traziam amigos e estava sempre disponível para ficar no final de semana quando a folguista não pudesse ir. Uma pessoa prestativa. Tinha orgulho da riqueza dos patrões, ficava excitada quando algum político ia jantar em casa, só chamava o dr. Régis de senhor ministro dr. Régis. E roubava. Recém-casada, eu demitira Idelina, uma moça adorável, porque nos roubara um lençol. Ficara ofendida, tinha sido uma quebra de confiança, uma decepção. Depois, com Maria-Branca e outras antes, meu nível de expectativas diminuíra. Nada esperar dos pobres. Esforçava-me para não ver, envenenando nossa convivência, tornando-me uma pessoa irritadiça, solitária em minha casa, transformando as empregadas em seres inimputáveis, como os índios, os loucos e as mulheres na véspera da menstruação. Sumiam calcinhas, meias, um rolo de filme, um pacote de cigarro. O gasto de óleo, açúcar e arroz aumentou com a chegada de Maria-Branca e eu não via nada. Procuramos o relógio de Jorge pela casa inteira. Jorge saiu para o escritório sem o relógio. Esvaziei gavetas, tirei os livros das estantes. Nada. À noite Jorge chegou mal-humorado e eu acabava de arrumar as flores do centro de mesa. As crianças viam televisão no andar de cima. Maria-

-Branca apareceu atarefada, trazendo os talheres recém-polidos. Estávamos os três na sala de jantar, a mesa arrumada, cristais brilhando sobre a toalha engomada. Jorge jogou sua pasta de qualquer jeito sobre a toalha engomada, balançando o brilho dos copos, amarfanhando o tecido. Acharam meu relógio? Indefinição do sujeito característica da situação. Não, querido, ainda não, enquanto tirava sua pasta e ajeitava as rugas na toalha engomada, tudo tem conserto, vamos achar, tem que estar aqui. E então, Maria, onde está o meu relógio? Maria-Branca listou todos os cantos da procura, mencionou os amigos das crianças, os homens-consertadores, esse entra e sai que não deixa ninguém em paz, mexem em tudo, como saber agora se algum desses não tinha surrupiado o relógio? Mas de uma coisa o senhor esteja certo, doutor Jorge, aqui pela cozinha e copa com certeza ele não está, porque eu já pus tudo abaixo e não encontrei nada. Sua fala carregava uma altivez que eu desconhecia. Seu cinismo surpreendia-me mais que a agressividade de Jorge. Quando ele exigiu o relógio de volta, Maria-Branca o encarou com apatia. O senhor ainda há de se arrepender. Um relógio não vale mais do que a honra de uma mulher decente. Saiu da sala desamarrando o avental.

Olhei para o chão, passos de Jorge, agora o relógio vai aparecer, subiu para tirar o paletó e a gravata. Ele também estava tranquilo. A sala ficou vazia com seus cristais e flores, a toalha guardando a forma da pasta de Jorge. Ouvi Maria-Branca sarcástica avisando Maria-Preta que o jantar agora era com ela. Ouvi Jorge alegre cumprimentar os filhos. O chão estava limpo, com exceção de uns pedregulhos de barro seco trazidos pelos sapatos de Jorge.

Encontrei o relógio, no dia seguinte, no bolso de um paletó de Jorge. Nunca mais vi Maria-Branca.

29. FLORES NA COZINHA

Tudo se resolveu. Um buffet foi em casa fazer o jantar dos suecos e eu arrumei as flores com a ajuda de Maria-Preta. Ela era nossa copeira e arrumadeira e tinha muito jeito com flores. Fizemos uns vasos bonitos com mimosas e papoulas. Alguns ramos de pitangueira e jasmim do jardim completaram o arranjo da mesa, caindo sobre a toalha branca com pequenas miosótis bordadas em azul pálido.

Desde pequena gosto de arrumar vasos. Lá em casa era mamãe que fazia. As flores ficavam em baldes sobre o tampo de mármore da área de serviço e os vasos, todos limpinhos e brilhando, em cima de uma mesa velha de madeira, um pouco afastada do tampo. Mamãe ia arrumando vários vasos ao mesmo tempo, cortando ao acaso os caules em alturas diversas e espalhando o mesmo tipo de flor nos vasos baixos, nos altos, nos azuis de porcelana chinesa. Fazia essa primeira distribuição distraída e conversando, dando ordens ao Antônio, nosso motorista, que fosse na casa da vó Constancinha levar os ovos que trouxera da fazenda e depois buscar seu vestido na lavanderia, pois iria usá-lo naquela noite, à Teresa pedia um cafezinho, e também conversava comigo, entre as ordens. Quando achava que um vaso já tinha resolvido sua personalidade para aquele dia, separava-o dos outros e parava de conversar. Cortava então outros tipos de flores, medindo cuidadosamente a altura dos caules, e ia formando o arranjo. Andava à sua volta, mudava-o de lugar, olhava de longe, de perto, de cima e de baixo. Cantarolava baixinho, suspirava. Caso alguém a chamasse nesse momento, aborrecia-se. Parava de arrumar até a pessoa afastar-se. Então rodeava o vaso, olhava-o de vários ângulos até recomeçar a cantarolar com a tesoura na mão.

Seu estilo de arranjo era francês, ou inglês, não sei a diferença. Sempre com flores de vários tipos, folhagens e dessas florzinhas brancas miúdas para-compor-o-conjunto. Não sei se ainda não era conhecido no Brasil, ou, mais provável, se simplesmente mamãe não gostava de arranjos orientais, tipo ikebana. Ela nunca fazia vasos com um só tipo de flor, ou arranjos mais soltos, com espaços vazios. Outra características dos vasos de mamãe é que eles sempre tinham seu lugar certo na casa, cada um deles. Tinha o do hall de entrada, o da mesa de canto, o arranjo da sala de jantar, os das mesas de cabeceira. E, dependendo do lugar, seriam vasos para se ver à volta toda, ou só de um lado. Para serem vistos de baixo ou de cima. Mamãe arranjava-os já pensando nisso. Dessa forma, se olhássemos o vaso da mesa de entrada — sempre o mais pomposo — do lado errado, veríamos apenas uns caules altos com as flores nos dando as costas. Essa foi minha primeira discordância com seu estilo. Achava falso. Como se estivéssemos enganando as pessoas, fazendo só um cenário para a sala, e não o vaso em si. Temia que descobrissem o truque e julgassem mal a perícia da mamãe, pensando que ela tinha esquecido de completar o buquê. Tentava alertá-la, ela achava graça. O vaso do meu quarto eu podia arrumar e desde pequena gostava de vasos soltos, com poucos tipos de flores, queria que elas pudessem ficar balançando e que, a cada dia, conforme batesse o vento, ele fosse diferente. Fiquei feliz no dia em que descobri que podia fazer meu vaso com apenas um tipo de flor, ou até mesmo apenas com as flores para-compor-o-conjunto, elas eram flores elas mesmas.

Outra coisa que gostava no dia das flores era que a área de serviço e a cozinha voltavam a ser nossas. Desligavam o rádio, não praguejavam nem conversavam com sarcasmo sobre meus pais, ou com malícia sobre os namorados. Tudo ficava tranquilo, podia entrar e sair sem medo de ouvir seus risinhos ou resmungos. Nos dias de bom humor da mamãe, atribuía a mudança à influência de sua personalidade gentil e educada. Como se ela se espalhasse pela cozinha junto com o perfume das flores e todos se acalmassem, lembrassem de sua bondade. Nos seus dias de mau humor todos ficavam tensos e silenciosos. Mamãe mesma interrompia seu trabalho para queixar-se de uma panela mal areada ou do cheiro ruim do pano de prato. Ainda assim gostava de vê-la, de ver os vasos crescendo, tomando forma, gostava da cozinha, mesmo sabendo que quando acabasse a arrumação e mamãe fosse tomar banho, aquele passaria a ser um lugar mais perigoso do que nunca.

Do rádio do carro de Antônio eu gostava. Íamos para a escola ouvindo Gil Gomes, o Repórter Policial. Ele contava casos de assassinato, estupro, roubo com uma voz grave e dramática. Ele se fazia de bandido, andava por uma ruela escura ouvindo o sono dos cidadãos, ele, o elemento, não dormia de noite. O elemento arrombava com cuidado a porta de um trabalhador, um guarda noturno, um nordestino que não tinha nem um ano de São Paulo, jovem que veio em busca de uma vida melhor com sua mãe e a mulher. Moça atraente, boas formas, moça séria, boa moça. Os vizinhos diziam que era uma morena jambo muito bonita, a moça da fábrica de tecido. Tocava o apito da fábrica, que fica logo ali, perto dos barracos, e lá vinha a moça direto para ver sua filhinha. Não ficava batendo perna pela rua, não arrumava confusão, o que ganhava era para o leite da nenê, nem meia a moça tinha, eram pobres. Um casal com a vida pela frente, um casal trabalhador, ela trabalhava na fábrica de tecidos, ele, de guarda noturno, a sogra cuidava do barraco e da netinha. Um nenê, uma menininha de um ano. O rapaz não era da vizinhança, o elemento tinha carro.

Quando tocava o apito da fábrica, a moça vinha andando e o povo via o carro lá parado, com o moço dentro. Era jovem, ficava lá, só olhando. Mas naquela noite, naquela noite escura, quando todos dormiam, naquela noite, ouvintes, ele não ficou só olhando, ele abriu a porta com uma faca, ele entrou e viu. O que ele viu? Três mulheres. A velha que dormia na única cama da casa, a morena num colchonete no chão com a nenezinha a seu lado. Estava calor, prestem atenção. O elemento viu essa moça numa noite de calor, ela estava só com a roupa de baixo, está entendendo, ouvinte? Vejam, era uma noite de calor, madrugada já, eram três horas da manhã e todos dormiam, os vizinhos dormiam. O marido havia saído para seu trabalho, o elemento sabia disso. Foi só para ver, ele disse ao delegado que foi só para olhar, mas não aguentou. Pausa longa, ocupada por uma música mais apavorante do que qualquer Hitchcock. Chegávamos na escola, a campainha já estava tocando, Antônio nos expulsava do carro, não tinha conversa, tínhamos que estudar. Na volta do colégio, quando pedia a Antônio para me contar o final da história que ficara imaginando durante as quatro horas de aula, ele ria. Ah, daquela moça da fábrica de tecidos? O rapaz enfiou a faca no bucho da velha e fez mal à moça. Era tranquilizante, as coisas voltavam a seus devidos lugares, sem música de fundo, junto com as brigas para ver quem ficaria na janela.

Se voltasse a arrumar flores, gostaria de aprender a fazer os ramalhetes iguais aos da mamãe, de saber usar aquelas peças cheias de pregos que ela colocava no fundo do vaso para fixar as flores. Talvez hoje já não saísse arrancando dos vasos de Maria-Preta as florzinhas para-compor-o-conjunto, explicando a ela que dessa forma escondíamos o caráter de cada planta, diluindo tudo num conjunto sem indivíduos, com graça mas sem força. Talvez hoje. Não sei se existem floriculturas aqui. Não, não quero saber.

30. DONA

Eu estava resolvida a ficar quieta, cuidar de minha vida sem firifífi nenhum, aguardando o andamento do processo, esforçando-me sinceramente em acreditar que minha descrença na justiça era pura arrogância e onipotência, crendo na boa-fé dos homens — marido, pai, advogado. Não falava sobre o assunto, estilo tia Mariinha, agia.

Na verdade não foi tia Mariinha quem surgiu após o acidente, foi dona Mariana, uma dona triste. As conversas, mesmo com Milu, tiravam a concentração necessária. Tiravam-me de mim, de meu esforço. Precisava desesperadamente ser simples, uma senhora adequada. E devia perseguir com honestidade esse objetivo, procurava convicção em minha alma, tinha necessidade de humildade verdadeira, pecara. Eu não era melhor que o delegado Vicente, não era mais justa que Luiz, mais correta que Jorge, eu não era mais sábia que Nicole. Não conseguia acreditar que não era. Eu precisava e não achava verdade na humildade. Eu não encontrava o caminho, procurava minuto a minuto, vigiava cada resposta que dava, cada pensamento, eu tinha que achar o que eu era, e eu era, não podia ter dúvida alguma que era um homo medius que errara. Não almejar sequer o privilégio da consciência cívica, quem era eu para saber mais que o juiz, o promotor ou o advogado? Apenas uma dona de casa negligente e descuidada. Não bebia, ia dormir cedo.

Tinha pesadelos horríveis e acordava suando, inquieta. Um homem sem uma perna, altíssimo, vestido de branco está na ilha central da avenida Paulista. Ele tem uma espécie de foice nas mãos. O chão treme sob sua passada manca. Ninguém nota, continuam andando, atravessando a avenida, pegando ônibus. Estou com Tom pequenininho. Seguro-o pela mão, tenho medo. O gigante perneta me vê e dá um golpe com sua foice para matar meu filho. Saio correndo com Tom no colo, apavorada. O homem de uma perna só está na minha frente com um cajado musculoso, se agacha para me agarrar, olho em volta e ninguém percebe o perigo. Vejo Jorge, tento gritar e minha voz não sai, a mão do gigante está chegando perto, Jorge me olha distraído e volta a conversar com homens engravatados. Abaixo a cabeça e me arremesso contra seu cajado, ele se desequilibra e cai no meio da avenida, com grande estrondo, esmagando uma cadeira de rodas. Fico apavorada, viro-me para meu marido e seu olhar me repreende com enfado. Despertava sem ar e não acordava Jorge, não deveria incomodá-lo. Qualquer som vindo de mim era pretensioso e sujo. Levantava cedo, sem fazer barulho, e ia regar as plantas. Quando Maria-Preta acordava, eu já tinha posto a mesa do café da manhã e aberto as portas e janelas. Antes de dormir, deixava as roupas que as crianças usariam no dia seguinte arrumadinhas sobre a cadeira de seus quartos. Comprava eu mesma os queijos de que Jorge gostava e que Zito nunca achava. Comprava seus queijos, cuidava que suas roupas fossem guardadas ordenadamente, seus sapatos engraxados, seus paletós repassados antes de irem para o armário. Tinha que tomar conta do que ainda me restava, da minha casa, de meus filhos, de meu marido, das contas. Cuidadosa e diligente com os meus, era o pedaço que me cabia.

Mas já era tarde. As crianças, crescidas, escolhiam suas próprias roupas, sempre outras, já não eram aqueles os queijos preferidos, paletós passados e sapatos engraxados deixaram de ser o ponto. Tom e Gabi não queriam mais ir ao teatro de domingo comigo, sequer ao cinema. Quando íamos comprar roupas juntos irritavam-se com minhas opiniões, não precisavam de auxílio para o dever de casa, na saída do colégio o programa de almoçar fora, comer um crepe no shopping, não os entusiasmava mais. Durante o tempo que trabalhara na produtora de vídeo, fui abandonando esses nossos pequenos programas. Atribuí a mudança nos filhos ao trabalho, a um ressentimento por minha ausência, mas não era verdade — julgar-me especial fazia parte do que precisava enterrar —, eles simplesmente cresciam e gostavam que eu não estivesse o dia inteiro em casa. Mas se esse era o meu lugar? Havia Jorge.

Em todos esses anos de casamento, recebi como natural o sucesso de Jorge, seu enriquecimento, o crescimento do escritório. Conhecia bem sua ambição e persistência, não me surpreendia com os resultados positivos, os temia. Os caminhos se distanciaram, minhas censuras às suas vitórias se tornaram cada vez mais presentes em meu desinteresse. Jorge envelhecera. Estava mais vital do que nunca, mas o cabelo tornara-se grisalho e a barriga começava a aparecer. Machucada e fechada, enalteci seu combate. Em momentos de contrição entendi e louvei sua abdicação aos sebos e cineclubes. A revelação de minha falta de companheirismo tornou mais feroz a busca de aniquilamento de qualquer traço de minha individualidade presunçosa. Perguntava sobre o seu dia no escritório, comentava as notícias de jornal que mencionavam o nome de seus clientes, passei a organizar nossas contas, cuidava para que não tivesse aborrecimentos em casa, tomava banho e me arrumava antes que ele chegasse. Passei a notar as qualidades do carro importado, do tecido italiano de seu terno, das tábuas de ipê de nosso piso, das janelas de vidro alemão, de tudo o que o fruto de seu suor nos trouxera. Propus que tivéssemos o terceiro filho que ele tanto pedira e eu categórica negara. Nasceu em mim uma paixão desconhecida por um homem que meu sofrimento construía, o solitário combatente Jorge. Eu havia me afastado do bom caminho, mas isso passou, não aconteceria de novo. Jorge, meu guardião, aquele que durante esses anos de afastamento velou por mim, havia chegado o momento em que eu podia também ser fonte de calor no casamento. Jorge estranhou meu interesse, manteve-se na defensiva, não reparou em meus cuidados, riu de meu capricho na contabilidade doméstica, disse que não era momento para nenês em casa, que eu enlouqueceria sem uma profissão, aconselhou-me retomar o trabalho. Mas não tinha importância, era questão de tempo, teríamos que construir uma nova intimidade, devagar e com paciência eu enlouquecia.

31. SILÊNCIO

O delegado Vicente concluiu seu relatório. Seu Adolfo era o culpado pela morte de Nicole. A cadeira estava com as rodas bambas — qualquer sopro a teria derrubado — e Nicole sem o cinto apropriado. Seu Adolfo estava bêbado. Não havia marcas de impacto no carro, como afirmar que o carro houvesse encostado na cadeira? O pai assustara-se e parara bruscamente o movimento da cadeira, ocasionando a queda da filha para a frente. O laudo necroscópico atribuía a morte a um enfarte presumivelmente motivado pelo susto da queda. Seu Adolfo não medicara a filha conforme orientação médica. A menina estava suja de fezes e urina anteriores ao acidente. Foram enviados, junto ao relatório, os termos de declarações meu e de seu Adolfo. No meu, vim a saber depois, o sinal estava verde, meu filho, para chamar minha atenção, havia passado o braço em meu pescoço, me sufocando, o que me obrigara a virar-me para trás. Conhecia bastante bem o veículo, tendo completo domínio técnico sobre o mecanismo de câmbio automático. Não havia percebido qualquer impacto do carro com a cadeira de rodas, apenas ouvira o som da cadeira caindo no asfalto. Seu Adolfo mais confirmou do que afirmou qualquer coisa. O boletim de Informações sobre a Vida Pregressa do Indiciado era catastrófico. A própria formulação das perguntas, padrão para todas as delegacias do país, o incriminavam. Não frequentara escolas, dava-se ao uso de álcool e era desocupado, vivendo da pensão de Nicole e de esmolas. Não fora feito o exame do teor alcóolico em seu Adolfo ou a elaboração do laudo pericial. Não havia declarações de testemunhas.

O relatório foi encaminhado ao juiz, que o enviou ao promotor público, para que esse formasse sua *opinio delicti*. Procedimento padrão. O promotor, um rapazinho de escritório cheirando a leite, diferente do procedimento padrão, deu divulgação ao caso, considerou incompleto o inquérito, devolveu-o à polícia, solicitando novas diligências. Depoimento de testemunhas oculares, cálculos do Instituto de Criminalística sobre o impacto da queda, da posição da vítima após o impacto, local das escoriações e outro depoimento do indiciado com questões objetivas sobre seu estado etílico e sua ação no momento do acidente.

Notas em jornais voltaram a aparecer. Foi publicado um artigo de meia página com uma foto minha de coluna social, sobre o aspecto trágico da impunidade em nosso país, sobre a barbárie da nossa elite, sobre a injustiça do sistema. Não li. Não li as notas nem o artigo, não li os autos do inquérito, tampouco as minhas declarações ou o relatório do delegado. Soube que seu Adolfo era o indiciado e fui passear sozinha no Jardim Botânico. Tinha de me manter simples e sã. E eram estados excludentes. Quando conversavam sobre o andamento do processo, saía da sala. Eu não sabia de nada, não ouvia nada, via. Apenas olhava.

Fui passear no Jardim Botânico. Estacionei defronte à escola e refiz o trajeto conhecido. A rua dos funcionários estava diferente, demorei a perceber o motivo. Há anos não caminhava por ali, os muros haviam crescido, escondendo quintais e fachadas. A rua transformara-se em outra qualquer do Rio. Rua de muros e grades. Não a casa de dona Carlota. Essa continuava com sua cerquinha baixa de madeira branca, mas a tinta descascara, a madeira apodrecera, o jardim fora tomado pelo mato. E o mato era mais eficaz que os muros, avistavam-se apenas uns trechos de telhado destelhado, a fachada afundara na selva. Voltou muito vivo meu último encontro com Nicole. Quase uma assombração, seu espírito me atravessava. Foi de noite, estava com Jorge voltando de uma reunião de pais no colégio. Deixáramos o carro no posto de gasolina em que sempre abastecia, ficaria seguro e eles encheriam o tanque. Quando voltamos, por volta das dez da noite, vi seu Adolfo com Nicole esmolando em meio aos pais que saíam conosco, apressados e arrumados para o programa da noite. Nicole dormia, despencando pelo braço da cadeira de rodas. Estava suja, como o pai, a saia amarfanhada debaixo das coxas, deixando suas pernas muito brancas e gordas à mostra, o cabelo solto e desgrenhado cobrindo o rosto. O velho aproximou-se e Jorge o rechaçou irritado, estava discutindo com o moço do posto. Ele se afastou tropicando. Não senti pena, mas horror. O que aconteceria com aquela menina, com o anjo torto de dona Carlota? Jorge falava alto, estava com o manual do carro nas mãos. Vejam, aqui, bem nessa página, você sabe ler? Pois é, está em inglês, mas veja aqui. O tanque desse carro comporta cinquenta litros de gasolina, está vendo? E você quer que eu acredite que colocaram sessenta e dois? Vamos embora, Mariana, vamos embora. Nunca mais abastecemos lá. O dono do posto ainda telefonou para casa desculpando-se, dizendo que o funcionário seria demitido. Foi esse funcionário que carregou Nicole para o carro. A última vez que a vi.

O parque estava vazio. Chovera há pouco, a umidade soltava-se do solo embaçando as plantas, meus pés. Pingos grossos caíam das árvores, fui ficando molhada e lembrei-me com nostalgia das heroínas românticas. O que era certo? Deixar-me absolver? Calar? O que eu tinha a dizer? O que eu sabia? Era esse o preço da paz? Mas por que a paz? Por que não a guerra? Qual o mal da guerra? Lembrei da minha avó, de seu conselho de responder com silêncio ao grito dos homens. Nós, mulheres, não devemos nos rebaixar à guerra. Eu era sua neta.

32. MUNDO

Há dias que não é possível ver o azul do céu. Não há sol para meus banhos matinais. Começo de novo a me acabrunhar. Sei que preciso relatar o processo, seu meio e seu fim. Percebo que é um dos motivos da escrita, percebo agora. Havia, quando comecei a escrever, sem que eu soubesse, havia o desejo de ser absolvida, de morrer com a consciência limpa, em dia com os homens. Precisava explicar por escrito, assim como fizeram Luiz, o promotor e o juiz. Para unir o meu texto ao dos homens, escrevo. A passagem da menstruação, a proximidade do fim de minhas três semanas, tornam-me mais lúcida para perceber esse ardil fêmeo. Nunca alcancei a humildade de espírito, desisti dela, não tenho estofo. Preciso contentar-me com a adequação. A quê? Falta-me chão. Cada vez mais esburacado e fino, continuo a cavar. O que encontro sob máscaras são apenas outras máscaras, e todas carecem de espessura. Prossigo, unho, esfolo os pulsos, enfio minha mão até o fundo, até o oco. A falta de sol traz confusão.

Sinto gana de comer arroz brasileiro. Refogado com cebola e alho, temperado com salsinha e cebolinha, nem muito solto nem muito junto, e muito quente. Gabi dorme, a filipina limpa e Tom esquia.

Estou aflita, preciso me mexer, alongar a coluna, as pernas. Sinto comichões atrás dos joelhos, escrevo, paro, ando, bebo vodca. Algo estralou aqui dentro. Não como há dias, tenho fome de sal. Tiro os pistaches de suas cascas e chupo as cascas, roo as cascas, cuspo as cascas. Desci para a vila e vi gente, movimento e barulho. O mundo é tão presente que fico tonta. Penso o mundo como cenário, mas lá fora há vida no chão, nas paredes, nos panos, nos esquiadores. Parece-me agora que o mundo muda mais que eu.

As coisas existem vivas, não as tornamos vivas, ao contrário. Talvez. Preciso lembrar do que acontecia fora de mim, preciso saber do que acontece agora. Escrever o fora deve me ajudar. O frio, a neve, marcas de bota no piso, cascas de pistache. Sim, mas preciso ir mais fundo ao avesso, ir mais para a superfície. Tom Tom, tom do meu coração.

Tom está viciado em ler tabloides do mundo inteiro via internet. Ele me contou de um menino chileno de onze anos que foi achado vivendo com uma matilha de cachorros. Esqueceu-se de quase todas as palavras, grunhe e é agressivo. Contou de uma moça estuprada num vagão de trem francês na presença de outros vinte passageiros. Ninguém se moveu diante de seus pedidos de socorro. Contou de uma moça indiana que foi encontrada vagando perdida sem lembrar-se de seu nome nem de nada. Passou vinte e cinco anos num asilo e, de repente, sentiu uma forte dor de cabeça e começou a chorar, querendo ver o marido e os filhos. Lembrou-se de tudo. Contou a conversa por telefone que gravaram de um traficante carioca, ele instruindo seus companheiros na tortura de um desafeto. Já arrancaram o dedinho? Então arranca a orelha agora. Contou de um tipo de passarinho que todo ano, em uma determinada época, come uma fruta e todos dançam, como que bêbados, uma dança ritual, sempre no mesmo lugar. Contou que começou a pensar em talvez estudar numa universidade europeia. Meus ouvidos zuniram agudo. Chega de mundo.

33. VÓ CONSTANCINHA

Todos vão embora. Até o fim foge, perde o sentido nessa escrita. Rabisco desenhos, ramos, folhagens, ornamentos. Minha avó não gostaria dessa brincadeira com a caneta do vô. Não podíamos mexer em nada do vovô com ela por perto. Ela não dizia não. Tentava nos distrair com um pedaço de bolo, uma história. Quando vovô estava em casa, ele distribuía canetas, lápis e papel entre os netos. Ficávamos espalhados pelo chão desenhando e inventando histórias, enquanto ele escrevia algum trabalho para a universidade ou preparava uma aula. Não sabia o que ele fazia, sabia que era professor e que passava muito tempo no seu escritório cheio de livros e papéis. Tinha uma mão gorda e terrivelmente forte, nos cumprimentava com um apertão nos ombros, beliscão nos braços. Quando o neto era mesmo pequeno, ele o levantava e chacoalhava. Os adultos não se assustavam, apenas nós, pequenos. Doía de verdade, mas gostávamos dele e temíamos vovó Constancinha. Ela tinha uma maneira delicada de dizer que fazíamos tudo errado. Querida, que interessante essa roupa desbotada, sua mãe anda tão sem tempo, não é, com essa bobagem de trabalhar, mas, se você quiser, posso ir com você comprar uma roupa nova. Esse seu desenho está muito melhor que o da semana passada, aquele tinha ficado meio borrado. Mas veja minha netinha, você fez esse homem com seis dedos, curioso. Ela tinha tantos filhos e netos, não sei como conseguia colecionar organizadamente os defeitos de cada um. Eu adorava a casa da vó Constancinha, sempre cheia de tios jovens. Quando minha adolescência transformou minha mãe na pior pessoa do mundo, morei por alguns meses na casa dos avós. Minha outra avó, a vó Consuelo, que não colecionava nada, dizia na lata mesmo, disse que se minha mãe quisesse que eu virasse uma puta, estava no caminho certo. Prossiga, prossiga. Na casa de vó Constancinha era tanta gente entrando e saindo e almoçando e dormindo que não havia qualquer vigilância. O primeiro mês foi uma delícia, poder andar de ônibus e não de motorista. Ficar vadiando pela rua com os amigos depois do colégio e não ter ninguém para dar pela minha falta na hora do almoço. Consegui passar onze dias sem tomar banho, um feito maravilhoso. Meus tios perceberam, provavelmente pelo cheiro, e me jogaram debaixo de um chuveiro gelado de roupa e tudo. Saía de uma redoma de cuidados para a vida.

O mundo nunca é um só. Fui percebendo, e de novo vou percebendo. Sempre desfazendo a maldita ilusão de que existe um mundo fora do qual estamos e que nos salvará de nós mesmos. Quanto menos conhecemos mais parece mundo-mundo-vasto-mundo, quanto mais perto chegamos, mais redoma, prisão, fronteiras, limites, muros, cercas eletrificadas, eletrochoques, depressão. Mais do que a casa de meus pais, isso era a casa de meus avós.

Meu avô não falava e sua palavra era ordem. A bagunça que os netos faziam era cobrada depois de minha avó. Onde está isso, aquilo, o livro tal, a tese de não sei quem? Assim não é possível, como posso trabalhar? Minha vó era sua intermediária, a portadora das más palavras, do trabalho sujo. Padrão. Ela tinha olhos claros de cor indefinida, não conseguíamos enxergá-la através deles, apenas uma luz forte e triste. Não havia fragilidade na sua tristeza, mas animosidade. Todos saíam e entravam tanto, gritavam, falavam alto, apenas para não encarar aquela força estranha. Ficavam somente os tios que, por uma fraqueza temporária na imunidade interna, haviam sido atingidos. Deitavam-se na cama olhando o teto, horas e horas a fio. Alguns dias minha própria avó era a atingida. Não suportava aquela contenção toda, a delicadeza avassaladora e, como num ataque epilético, quando seguram o convulsivo para que não se fira batendo nas paredes e quinas, a força daquela tristeza vigilante estourava em seu peito, a colocava na cama, olhando o teto. Minha avó, a toda e o tudo da casa, que acordava às seis da manhã para preparar o café de todos, que se esmerava em manter tudo arrumado, que colocava as toalhas para secar todos os dias, trocava os lençóis toda semana, que datilografava todos os trabalhos de meu avô, traduzia seus textos para o francês, tricotava para alguma sociedade beneficente, que estava sempre muito arrumada, maquiada, minha avó ficava na cama olhando o teto dias seguidos. Não era possível ajudar. O filtro da gentileza esvaía-se, o fel imperava solar. Caso tentassem algo, incentivando-a a conversar, xingava a empregada, era sarcástica com os filhos, não ouvia meu avô. Se a deixassem quieta ela assim ficava, quieta, trancada no quarto. Ouvíamos ruídos, era minha vó batendo a cabeça na parede. Saía do quarto descabelada, arrastando chinelo. Todos iam embora.

Enquanto morei lá, ela teve uma dessas crises. Minha mãe quis que eu voltasse para casa, mas eu estava fascinada, começava a entender não sabia o quê, mas era importante. Dizia de minha mãe e de mim, dizia da qualidade da tristeza de nossa família. Dizia da baixa tolerância de minha mãe a meus períodos quietos, de sua insistência em sempre termos programas, amigos, festas. Dizia também do sucesso acadêmico de meu avô. Não sabia o quê, mas dizia. O silêncio de minha avó, seu olhar parado no teto me trouxe alívio e medo. Então eu não era diferente, havia elos, história. Então podia chegar a esse ponto, podia ser terrível assim.

Passado o pior, minha avó transformava-se numa criança comportada. Deixava que as filhas a vestissem, penteassem. Ia com elas ao cabeleireiro pintar as raízes brancas de seus cabelos. Aceitava ir ao dentista cuidar daquele dente morto. Quando reassumia o controle, voltava a ser a rainha gentil e cruel que eu conhecia e temia. Agora, porém, tinha por ela uma ternura imensa, que não encontrava caminho através da luz gelada de seus olhos.

34. O OCORRIDO

Quatro meses após o atropelamento de Nicole, o delegado Vicente enviou novo relatório à Promotoria Pública. Um jovem promotor, rapaz generoso, pegara o caso. Seu Adolfo não estava bêbado, fora um bom pai e o sinal com certeza estava fechado para os carros. O zeloso funcionário do posto de gasolina confirmara, o sinal estava vermelho. O infeliz pai lembrara-se com nitidez do momento em que o carro albaroara a cadeira de sua filha, ceifando-lhe vida. Foi oferecida denúncia contra dona Mariana por homicídio culposo na direção de veículo.

O momento chegara. Pretérito-mais-que-perfeito. A verdade, somente a verdade, nada mais que a verdade. Não é esse o seu caso, Mariana, disse-me Luiz, em seu apartamento terceiro andar Viera Souto. Presente-mais-que-recente. Riqueza recém-chegada, tinindo de moderna. Não havia toalhas bordadas, no apartamento de Luiz. Não é o seu caso, querida, apenas as testemunhas prestam o juramento da verdade, ao réu cabe a defesa, não a verdade. Portanto, leia com atenção o seu depoimento e vamos conversar francamente. Luiz, o franco. Ele era um homem interessante, traços bonitos, mas miúdo. Nunca tive atração por homens de mãos delicadas.

Muito bem, Luiz, vamos ao escrito. Tom passou o braço em torno do meu pescoço me sufocando? É importante que você tenha sido obrigada a se virar, entende? Não deve ter sido mera distração. Mas Tomás tem catorze anos! Você acha que um menino dessa idade faria isso?

— Mariana, nunca te perguntei, mas o que aconteceu naquele dia? Como foi o acidente?

É verdade. Luiz não dependia do ocorrido. Ele não se interessara em saber. Nos dias que passei na fazenda, fui tentando reconstituir o acidente. Mas não era capaz. Mesmo essa história de ter-me virado para trás por conta de uma briga entre as crianças soou inverossímil. Há muito que Tomás e Gabriela não brigavam no carro. Provavelmente Tomás estava no banco ao meu lado e Gabriela sozinha atrás. Talvez tenha sido mera distração, entrei num devaneio e esqueci que meu pé estava no freio, ainda não estava acostumada com o carro automático. Mas então, de onde viera essa história da briga das crianças? Acho que inventei.

No que pensava? É certo que via seu Adolfo atravessando a rua, não tinha como deixar de ver Nicole em sua cadeira. E conhecia meus sentimentos em relação aos dois.

Luiz atentava à minha testa franzida, previra esse rumo para a conversa. Olhava seu olhar, ele sabia o que se passava aqui dentro. Eu não lembrava de nada, como é comum acontecer em casos de traumas, buscava um caminho não na memória do ocorrido. Também para você, Mariana, seu olhar sussurrava, também para você o ocorrido não importa. Vê? Onde está a verdade agora? Você procura, procura e não acha. Você então junta pontos que pode tocar, o carro, a idade de seus filhos, o sinal. Mas e depois, e o acidente? Você não sabe, cai no escuro e então se precipita para algo familiar, um galho onde se segurar. No seu caso, Mariana, é a culpa; no meu, meu docinho de coco, é a justiça. Você irá ao ponto de dizer que quis matar aquela menina, apenas para que a dúvida cesse, para que o rumo seja conhecido, apenas para pisar novamente em solo firme. Você odeia o lodo, detesta o jogo, precisa saber como vai acabar, nem que para isso tenha que apressar sua derrota. Aquele olhar sabia de mim. Diferente de Jorge, meu pai e minha mãe, Luiz não tinha qualquer pudor em esquadrinhar minha alma, as informações arrancadas não o tornariam responsável por nada.

Tinha doze anos e passava meus meses rebeldes na casa da vó Constancinha, estávamos na sala vendo televisão, meus tios e eu, e a vó entrou toda descabelada com um penhoar puído, gritando com uma tolha na mão. Quem usou minha toalha? Eu já falei mil vezes que as toalhas azuis são minhas. Quero saber quem usou?

Silêncio total, até a televisão calou. Éramos oito, as toalhas desbotadas já nem cor tinham, como saber? Fui eu, vó, desculpe, eu não sabia.

Vovó me olhou com ódio e desconcerto. Estava terminado o show, ela saiu mais furiosa do que chegou, batendo portas. Ouvimos ainda o som de sua cabeça batendo na parede. Meus tios olharam pasmos para mim. Por que você fez isso? Não foi você que usou a toalha, você nem toma banho. Eu não sei, não sei que toalha eu usei, posso ter usado a azul, não posso?

Passei por corajosa. O olhar de Luiz contava-me agora outra história. De uma menininha medrosa que não suportava qualquer abalo. Tudo que ainda estava no meio era ameaçador, precisava arranjar um fim, urgente. A prática da dúvida não se adquire em poucos dias ou escassas semanas. Não a adquiri até hoje.

Lendo sobre culpa e dolo, na fazenda olhando as andorinhas, entendi que tudo gira em torno da intenção. Se eu não tivesse agido livremente em desacordo com a norma estabelecida, mas sim contra a minha vontade, o simples fato de haver violado a norma não seria suficiente para caracterizar a culpa. Chegando no Rio, após a semana dos piolhos, goteiras e jantar, comprei um dicionário latim-português e revistas de tribunais, com as jurisprudências. A narração dos julgamentos de recursos, os pareceres dos juízes. Foi minha única rebeldia nesse período de contrição doméstica, estudar em silêncio e anotar. Tenho esse hábito, sou incapaz de incorporar um conhecimento se não o escrevo. Lia os pareceres, grifava e copiava em meu caderno as frases selecionadas. Copiava com tinta verde e questionava a lápis. Abro o caderno de capa marrom, releio minha letra firme e lembro que me sentia quase alegre nesse meu estudo; letras, escrita, o chão bom das palavras. Um parecer sobre o atropelamento de uma criança terminava com a absolvição do acusado e a seguinte frase — diante dessa realidade, somente me cabe admitir que a criança foi vítima de *infelicitas facti*.

Nicole havia sido vítima de um fato infeliz desde sua concepção. Em meu devaneio com as andorinhas pensei se quisera matar Nicole. Vontade ativa, querer consciente, dolo. Terminar aquela existência miserável. Paro, falo de mim, agora. Existência miserável. Um ser que é apenas seu corpo não tem direito à existência. O corpo e seu coração batendo não contam. Por quê? Por que pensava assim? Penso. O corpo de Gabriela acordando e espreguiçando-se, sua barriguinha morena aparecendo, os braços enroscando-se ainda dorminhocos no travesseiro. Gabriela, o sol já vai alto. Gabriela dorminhoca, os passarinhos. Não há passarinhos. Gabriela já namora. Dolo, corpo, dolo, corpo. Outra anotação em caneta verde — dicionário latim/português, DOLUS: 1. sagacidade, esperteza, astúcia, manha, dolo, engano. *dolus malus* – fraude, *sine dolus malo* – sem fraude, de boa-fé, lealmente. DOLO: verbo transitivo. 2. (fig.) polir, aperfeiçoar (uma obra literária), bater. Dolo, aperfeiçoamento, arte. A verdade subjaz às palavras, ela não será suposta, montada ou criada, mas sim revelada. Ela surgirá apesar das palavras, o embate é necessário não para que vença o mais forte, mas para que em sua exacerbação e parcialidade surja o contraditório, uma rachadura geológica no texto plano que permitirá ao bom juiz vislumbrar a luz da verdade que sempre existiu.

— Mariana, diga lá, amiga, você não se lembra, não é?
— Não, não me lembro.
— Sequer tem certeza se o sinal estava aberto ou fechado, ou se o carro de fato bateu na cadeira.
— Não, não tenho, mas tenho fortes motivos para supor.
— Supor não é suficiente e não é sua função. Dê fatos ao juiz, cabe a ele, e não a mim ou a você, encontrar a verdade.

Último significado de dolo desenhado em meu caderno com arabescos: tipo de punhal.

35. CENTRO DO RIO

Se a prática da dúvida foi meu inferno, o exercício da ingenuidade, minha impossibilidade. Ensandeci lentamente nos dois meses que correram entre a denúncia e a primeira audiência. Olho a mala azul e dura, restam poucos cadernos, caberão nos parcos dias que jazem à frente. Parcos dias para a parca. Parcas que tecem o fato, tramam os dias. Permanecer imóvel, jazer defronte ao rio de minha aldeia que corria na televisão, comendo. Comer foi uma das saídas, descrer de mim, outra. Tornei-me irritadiça e apática, estouros momentâneos eram seguidos de prostração. Tentei acompanhar novelas de televisão. Jorge chegava cada dia mais tarde em casa, viajava muito. Dentro da submissão, era autoritária. Ataques contra jornais e tênis espalhados, contra o pó na televisão, contra o arroz morno. O sujeito indefiniu-se em minhas frases. Sumiram meus lenços, mancharam minha blusa, comeram meus chocolates, largaram meias no sofá.

Uma semana depois, já adivinhava os diálogos da novela e os ângulos da câmera. Lia revistinhas, revistas femininas, jornais inteiros — página de óbitos, classificados. Morena alta de olhos verdes, seios 44, cintura 32, quadril 44, vinte e três anos, procura homem sensível para compromisso sério. Casa de massagem, discrição absoluta, venha satisfazer seus desejos com jovens de ambos os sexos. Jovem discreta, com guarda-roupa elegante, acompanhante classe executiva para viagens internacionais, fluente em línguas e dedos. Passava a tarde comendo chocolate e devaneando sobre casas de massagens. Já era velha para oferecer meus serviços, mas poderia usufruir dos serviços alheios. Fruir os seios 44 sob o guarda roupa elegante. Minha xoxota estava seca, não tinha mais desejo por mim. A farsa de boa esposa era suspensa na cama. Sonhava com mulheres e cães enormes. Jorge, cada dia mais distante, não insistia no início da noite. De madrugada, eu sonhava com cachorros e ursos, Jorge vinha por cima de mim, eu acordava aterrorizada no meio do ato com meu prazer com um pastor alemão. Após o gozo, ele desmaiava. Sequer acordava, quem sabe transava com uma morena de olhos verdes em meu corpo cada dia mais gordo. Levanto em silêncio e ando pela casa. Havia desejo e desespero na procura de Jorge, mas não por mim, não por meu corpo, que ele evitava à luz do dia. Na manhã seguinte dessas noites tristes, colocava a mesa do café, de dentes escovados o beijava. O casamento escorrendo e os dois medindo a distância para evitar a gota d'água. É uma fase, é uma fase, vai passar.

Nos sinais vermelhos, observava as meninas vendendo chicletes, o caminhão com uma placa — aceita-se entulho — e um rapaz de perfil futurista russo sentado sobre o lixo segurando uma pá, o velho de uma perna só. A menina do chiclete deve ter nove, dez anos, veste um short curto e um top de lycra rosa, nos pés uma sandália de plástico desafivelada. Encosta-se na janela do táxi à frente e, enquanto fala com o motorista, roça o pé na perna oposta, está alegre e vejo a mão grande do motorista acariciar-lhe a nuca, ela se afasta rindo e vem para o nosso carro, para minha janela de passageiro. Antes de terminar a frase — leva um chiclete, tia — seu rostinho já está quase colado ao meu com meio corpo para dentro do carro, xeretando. Não quero, obrigada, meu olhar não consegue evitar seus peitinhos nascentes e meu desejo amplifica o ir e vir de sua barriga nua esfregando-se na lata do carro — me dá um trocado? e aquela revistinha, me dá? —, envergonho-me da pulsação de meu tesão. Zito ri com o desembaraço da pequena. O sinal abre e tento me concentrar nos traços angulosos do homem do entulho — como seria aquela mão no meu peito? Por que só a imaginação perversa me excita, e muito? Por que cachorros, mulheres, crianças e pobres, e não Jorge? O que me atrai é a vulgaridade e a autoridade, espaços límpidos, distantes da ambiguidade. O diabo são as palavras. Mesmo aí, nesse lugar nítido, seria necessário falar e é apenas mais uma ilusão de mundo salvador imaginar que a vulgaridade me protegeria de penetrar no particular de cada um e de ser devastada por ele. O diabo é que todos têm ou tiveram pai, mãe, irmãos e filhos, uma história. Haverá nomes e carências expostas. O diabo, como diria, são os seios na boca.

Estava indo para a primeira audiência e o mundo me dizia respeito. Os sentidos alertas e pulando de um canto ao outro. Encontraria Jorge e Luiz no Fórum, às três e meia, mas quis chegar antes para conhecer o lugar sozinha. O fato de estar há meses sem guiar me dava claustrofobia, irritava-me com os caminhos de Zito, com seus avanços bruscos e suas histórias do morro. Ele era um repórter policial ao vivo que meus filhos adoravam ouvir — policial enrolando papelote de cocaína sobre o capô da viatura, traficante que comprava remédio para o sambista doente, perseguição policial para desbaratar o bando rival, balas perdidas e meninas mortas. Como Antônio, motorista de minha infância, Zito narrava, sem dramas ou trilha sonora, banalidades cariocas para passar o tempo entre a casa e a escola.

Já fui depor nesse Fórum que a senhora vai. Rolo lá do morro. Bobagens. Você falou com o juiz? Fui lá para isso. Tem gente algemada, o juiz veste uma coisa preta, fica no alto. Ele não entende direito o que a gente diz, não se importa. Mas como ele vai julgar, se for assim? É assim, ele te pergunta uma coisa e você tem que falar excelência e tal e coisa, mas se começa a enrolar ele fica bravo, diz que você não está colaborando, que tem que falar a verdade senão o processo vira contra você. Aí você fala só o que ele quer ouvir e tudo bem. Basta não falar demais, o juiz não tem muito tempo e já sabe as respostas. E você falou a verdade? Falei o que tinha que falar, o resto ele não perguntou.

Não tinha noção do espaço físico onde seria interrogada, ou dos rituais e personagens de uma audiência. Luiz e Jorge responderam com impaciência às minhas perguntas sobre o tamanho exato da sala, a posição da mesa do juiz. Eu não era uma cliente comum, um *homo medius*, a névoa do favor embaçava. Na voz de Zito entendia as respostas. O que me irritava nas histórias de morro era a tagarelice sobre um quadro cruel, sua banalização. Mas agora, pelo mesmo motivo, ficava interessada em sua maneira de ver a justiça, com seus fóruns, varas, juízes, delegados, presos, promotores. Aquilo fazia parte do universo, da mesma forma que bancos, lojas, patrões, balconistas, nascimento e morte. Não era exceção.

Quando chegamos ao centro da cidade, as irregularidades urbanas eram mais escandalosas do que nos bairros, não piores, mas havia mais gente em menos espaço, camelôs, estacionamento em fila tripla, três ônibus lado a lado ultrapassando-se, pedestres ziguezagueando entre os carros. E meu olhar pulando, querendo ser parte. Por que seria irregular parar em fila tripla, cocôs de cachorros nas calçadas, comercializar produtos em tablados atravancando a passagem, sacos de lixo abertos, a sedução e venda de meninas de onze anos? E minha alegria ao perceber um mundo onde eu cabia, pois havia lugar para todos, o mundo cristão da virtude, do pecado, da punição e do arrependimento. Sem fim e sem começo, sem conserto. Eterno. Aceitação, vovó Constancinha, o batismo de entrada no mundo dos homens, somos todos irmãos, vovó Consuelo, no mundo dos homens há espaço para todos, até para os orgulhosos, somos tantos, de tantos jeitos, podemos não escovar os dentes e bater com a cabeça na parede, podemos ser corretos e generosos, ou corretos e arrogantes, o que importa, vovó? Somos tantos. Veja vó, quando entendemos que não importa, que o mendigo vai para todo o sempre macerar suas feridas purulentas à noite para de manhã nos comover e ganhar seus trocados, que a mãe que surra seu filhinho esfomeado é a mesma que se desespera, porque não há vaga na escola do bairro e ele vai virar traficante e morrer na primeira esquina, que o moço do churrasquinho de gato da calçada do Fórum, que a secretária executiva apressada que evita os moleques em bandos, que os meninos que nadam e se esfregam na fonte da mulher nua da Candelária, que os senhores engravatados que deixam seus carros com os manobristas, que os manobristas que desprezam os carros velhos, que. Vó, por que tanta agonia a vida inteira se há lugar para todos no mundo? Lugar para mulher trabalhadeira e preguiçosa, lugar para mulher que esquece o leite no fogo e suja o fogão, lugar para mãe de filho respondão, lugar para mulher bonita e mulher feia. Até a prisão é um lugar, foi isso o que entendi ao chegar ao Fórum. E senti que mesmo minha confusão e revolta cabiam ali. Aceitar o mundo, ascensão e purificação.

36. NECESSIDADE

Pessoas de todas as cores e roupas circulavam nos corredores do Fórum, a maior parte familiarizada com o lugar, como se estivesse numa estação de metrô. Consegui achar a vara onde seria interrogada e entrei para assistir os depoimentos de outros casos. Queria entender o que faria antes de fazer, saber o que é um juiz, uma sala de audiência. Entrei em companhia de um grupo de estudantes, com meu caderno de capa marrom.

Duas mulheres ocupavam a parte superior da mesa, a juíza, uma senhora de cinquenta e poucos anos, com o cabelo preto arrumado alto e uma mecha vermelho vivo do lado esquerdo, na sua nuca pendia uma trancinha tipo budista. A secretária, jovem e gordinha, usava uma camiseta branca e calça jeans. Todos vestiam-se de maneira despojada e as conversas lembravam as que ouvimos em qualquer lugar público, o que reforçava o tom Zito do mundo da justiça. Mesmo a capa preta da juíza mais parecia um guarda-pó de professor, talvez pelo desbotamento e o modo displicente de vesti-la. Quando entrei, a secretária estava ligando para a carceragem, pedindo que enviassem uma presa. A juíza comentava o caso com ela, mais um furto ao Carrefour. Outro? Que onda, hein? Coitada. Coitada por quê?, perguntou a juíza com sotaque baiano. Deve ter sido por necessidade. Necessidade? Cinco cartelas de lâmina de barbear por necessidade? É, talvez fosse para usar como arma num crime. Espantou-me a sem-cerimônia daquelas duas mulheres nas mãos de quem eu estaria em algumas horas.

Como as visões de Virgem Maria na alma de crianças portuguesas, a sala transformou-se com a entrada de uma jovem algemada. Tinha a cabeça raspada e o rosto moreno claro, comprido e com nariz grande, arcada superior avançada, era alta e ossuda. Vestia uma camiseta desbotada de algodão grosso verde-musgo. Seus seios fortes balançavam a camiseta. Parou de pé na porta de entrada oposta à que o público utiliza. Eu estava sentada bem à sua frente, no outro lado da sala, e não entendi o que ela esperava para entrar. A moça olhava-nos direto nos olhos, como um gavião, sem medo e tenso, avaliava a função de cada um ali dentro. Por que a juíza não a mandava entrar? Percebi então que um policial abria as algemas que prendiam seus braços para trás para voltar a trancá-las em torno de seus pulsos ossudos na frente. Ela entrou e sentou-se dura na cadeira defronte à juíza. As algemas transmitiam uma tensão de metal a seu corpo, os punhos imóveis para frente, articulações não humanas. Nome? — Luciana de Jesus. Idade? — Dezenove anos. Endereço? — Travessa Um, número vinte e nove, na Carioca. Não, o nome da rua — Não sei o nome da rua de onde sai essa travessa. É no Morro da Carioca? — Sim. Grau de instrução? — Sexta série do primeiro grau. Ocupação? — Estou desempregada. Enquanto a juíza terminava sua leitura dos autos do processo, todos em silêncio, Luciana olhava à volta. Não conseguia virar-se para trás, eu era a única pessoa nas cadeiras laterais, onde sua vista alcançava. O olhar interrogava, dizia apenas dela e não de mim, sem vergonha ou julgamento. Como se estivéssemos nos vendo com óculos escuros, podíamos investigar-nos sem pudor. Quem é essa menina de fala firme e olhar reto no qual não percebo nada? Por que me parece poderosa e não vejo orgulho nem revolta? Não está abaixo, nem acima, sequer ao lado em qualquer escala que conheça, vem de outro mundo.

A voz da juíza perdeu a familiaridade de instantes atrás. O julgamento tinha início e sobre o que viesse a ser falado, a partir desse momento, pairava a busca da verdade. Ela leu a acusação — Luciana colocara dentro de sua bolsa cinco cartelas de lâminas de barbear e saíra sem pagar, fora apanhada em flagrante por seguranças do supermercado no estacionamento e estava presa há quase um ano. Esta era sua primeira audiência.

— A senhora está aqui para responder a essa acusação. Não é obrigada a responder nenhuma pergunta, se não quiser.

— Eu vou responder.

— Então comecemos por seu endereço. Na delegacia a senhora deu um endereço diferente do que falou agora.

— Eu menti na delegacia, o certo é o que falei para a senhora.

Luciana responde concentradamente, mas algo a incomoda. Olha para mim, para a secretária.

— A senhora confirma a acusação? Subtraiu essas lâminas?

— Sim, eu subtraí.

Luciana descreve seu crime de forma muito semelhante à do texto lido.

— E por que fez isso?

— Por necessidade.

A juíza aguarda.

— Tenho um filho pequeno, ele estava doente, não tenho mãe, não tinha dinheiro para comprar remédio.

São feitas algumas questões sobre a detenção e, a cada resposta, a juíza dita a fala de Luciana para a secretária.

— Com quem a senhora morava quando foi presa?

— Com meu filho, minha irmã e minha mãe.

— A senhora está recebendo visitas?

— Não.

— Tem dinheiro para pagar um advogado?

— Não.

Terminado o interrogatório.

— A senhora vai ser levada agora ao serviço de assistência jurídica.

Luciana assina seu depoimento, com dificuldade por causa das algemas, e sai acompanhada do policial.

Sobrou um gosto ruim na boca. Fórmulas fixas. Não tenho mãe, moro com minha mãe. A contradição não enfraquece o poder da fórmula. Necessidade. Filho. Mãe. Doença. Remédio. Pobreza. E prisão e algemas. Garganta seca e vergonha. Nada importa nada quando nada está certo.

37. PEÇAS DE LEGO

Luiz e Jorge chegaram. Foi um interrogatório rápido. Não estava envolvida, não era importante o que acontecia naquela sala ou a morte de Nicole, o que irritou a juíza. Eu imaginara tantas vezes a audiência, o que diria, como diria. Atormentara-me esses meses todos em ser sincera e simples, ou descaradamente falsa e política, nada mais importava. Durante o depoimento de Luciana entendi a certeza de Luiz de que jamais seria presa, fazia parte dos marginais da justiça, foi uma constatação, não um raciocínio. Não se trata apenas de dinheiro, posição social, impunidade, é algo maior e mais lógico. Eu não sou uma ameaça. É simples.

A acusação lida dizia que meu carro batera na cadeira de rodas de Nicole, motivando sua queda e morte. Não confirmei.

— Seu carro bateu na cadeira de rodas?
— Não sei.
— A senhora tirou o pé do freio?
— Penso que sim, não tenho certeza.
— O carro andou?
— Acho que sim, não sei.
— Você viu Nicole e seu pai passando na frente do seu carro?
— Não me lembro.
— No seu depoimento na delegacia, a senhora afirmou

que se virou para trás porque seu filho a sufocava. A senhora confirma?

— Não.

— Então por que afirmou isso na delegacia?

Silêncio. Não olhava para Luiz, que estava diante de mim, no lado oposto da mesa, nem sequer pensava nele ou na estratégia de defesa.

— Eu disse que meus filhos estavam brigando no banco de trás e que eu me virei, mas talvez isso não seja verdade.

— A senhora poderia explicar claramente o que aconteceu e por que deu um depoimento falso?

— Eu não posso explicar claramente o que aconteceu porque não me lembro. Quanto ao depoimento na delegacia, não foi falso, não menti. Apenas não estou mais segura do que aconteceu e posso ter me confundido.

— O que a senhora pode dizer sobre o acidente?

— Ouvi um barulho de metal caindo. Apertei o pé no freio, com medo de que meu carro tivesse andado. Olhei em volta e todos olhavam para frente do meu carro e para mim. Desci e vi a cadeira de rodas caída e seu Adolfo olhando assustado, falando e falando. É disso que me lembro.

— O sinal estava fechado?

— Meu carro estava parado porque o sinal estava fechado.

— No momento em que a senhora ouviu o barulho o sinal ainda estava fechado?

— No momento em que ouvi o barulho eu não olhei para o sinal.

Repetia as palavras da juíza, percebia sua irritação, mas precisava de suas palavras para me concentrar. A juíza queria saber o quê? Por que preocupar-se com isso? Procurava ajudá-la, era como se ela estivesse com um problema curioso e fosse importante minha colaboração, mas não via a pertinência, como quando um filho está atormentado porque a asa da nave espacial do lego não ficou exatamente como da outra vez que montamos, antes de o irmão pisar em cima e destruí-la, e explica aflito que a pecinha azul, a metralhadora, não estava de lado, mas sim de frente, e você vai seguindo suas orientações, sabendo que no minuto seguinte a infelicidade estará na cabine, que era mais para o meio e que a dor incurável é a desatenção do irmão, o risco permanente que ele significa, que nenhuma pecinha azul ou vermelha bem colocada será capaz de prevenir a catástrofe iminente, mas eu vou ouvindo e vou mudando a metralhadora para a frente, a cabine mais para cima, porque daqui a pouco a sombra negra da ofensa terá passado e a vida será mais uma vez nova e quem sabe boa. Respondia devagar, olhava a juíza, esforçava-me para entender a importância de cada questão, mas logo começava a voar, meu lastro estava oco. Havia uma mistura esquisita no tom de suas perguntas, burocrático e incisivo. Deus está nos detalhes, por aí você escorregará e nem esse seu ar de sonsa poderá salvá-la. Tinha consciência da má impressão que causava, principalmente a calma e o vagar da minha voz, mas estava além de mim o poder de agir diferente. Os peitos grandes de Luciana sob o algodão grosso, sua cara de menina inteira, a ausência absoluta de autopiedade ao pronunciar necessidade, as algemas em torno dos ossos duros e a banalidade burocrática da juíza subtraíram o sentido do que fazíamos naquela sala. Sobretudo o sentido político, que eu, em algum momento distante, quis atribuir ao processo. Lembrei de minhas divagações logo após o acidente, de meus sentimentos na delegacia, do secreto orgulho sorridente quando me via presa por mérito próprio, das artimanhas que criaria ao longo do processo, pensando com meus botões, agora sim, uma boa senhora rica presa, não por perseguição política, ou crime financeiro que ninguém entende, apenas porque infringiu uma lei de trânsito. Luciana estava presa havia quase um ano, começara a ser julgada agora, porque roubara cinco cartelas de lâminas de barbear, provavelmente para comprar pinga para o namorado, um traficante que manda arrancar dedos e orelhas, ou para comprar remédio para o filhinho, o que importa? Ia roubar de novo e de novo e de novo. Lâminas de barbear. Não adiantava encaixar direito as pecinhas, não havia direito.

38. NA PRESENÇA DO SOL

A casa está vazia, o sol brilha de novo. Tomás acorda cedo e sai para esquiar com sua namorada suíça, Evelyne, some o dia inteiro. Phillipe, um garoto sério, vem buscar Gabriela e toma conosco sua tigela de café com leite. Carolina mudou-se definitivamente para cá, seu namorado francês chama-se Emanuel e é um garoto muito engraçado, tipo miúdo de nariz grande e brincalhão, Mônica o detesta, tanto garoto interessante por aí, e ela gastando tempo com um franzino qualquer. Ontem à noite, ficaram todos jogando cartas até tarde, rindo em várias línguas.

Somos os únicos brasileiros por aqui. Esse foi um dos motivos da insistência de Mônica em escolher essa estação. Diz que nas estações de esqui americanas só se ouve português o tempo todo e ela morre de vergonha. Não sei se esse é um sentimento universal, morrer de vergonha quando se encontra um compatriota no estrangeiro. Parece coisa de irmão mais velho que tem vergonha dos menores quando está na frente dos amigos. Como se os pequenos pudessem revelar seu ridículo aos colegas, como se todas as fraquezas tenazmente escondidas jorrassem de chofre, como uma espinha purulenta em dia de festa. Talvez apenas os povos adolescentes tenham esse sentimento. Acho que não. Tem a ver mesmo com relações assimétricas.

Brasileiros ricos na Suíça podem ser confundidos com libaneses ricos na Suíça ou, até mesmo, franceses e italianos ricos na Suíça. Os títulos nobiliárquicos se foram mas restou uma irmandade apátrida na riqueza. Meu pai não gostaria de me ouvir pensar assim, nem Jorge. Mas Jorge, onde está Jorge? Trabalha-se tanto, por que não usufruir com alegria e alma leve esses dias magníficos e andar distraído pelas ruas sem tropeçar em buracos ou cocô de cachorros, sem temer assaltos nem ser ofendido pela miséria ambulante de meninos ladrões? Podemos ser elegantes e felizes sem ofender ninguém. Mesmo nos ricos de terras ricas existe esse ar de alívio por aqui, o que talvez seja característica de qualquer colônia de férias, até mesmo em colônias de férias de canavieiros alagoanos, se elas existissem. Então qual é o ponto de diferença e união? Nos jantares onde conversamos (quando conversava) com estrangeiros, cada um fala de seu país com amor no coração, e somos sinceros, não há dúvida, apenas porque somos de algum lugar é que somos alguém. Sim, com quem você esteve hoje? Com um chinês simpático, um turco sério, um alemão seco, um sueco calado, um brasileiro curioso, um italiano romântico. Também somos alguém porque somos homem ou mulher, alto ou baixo, branco ou preto ou amarelo, criança, jovem, adulto ou velho. Por que então apátrida? Como os judeus, os ciganos ou os italianos em Nova York, os ricos se reconhecem. Penso, confusamente e sem certeza, que a ideia de nobreza era ideológica e a de riqueza é religiosa. Os herdeiros e as esposas, que não percebem a diferença, entram em pânico mal dissimulado quando se dão conta de que foram excomungados. Não existem ex-ricos, sequer boas famílias. Esse é um conceito arcaico da nobreza que ainda veste algumas fortunas mais por apego estético do que funcional. A irmandade assenta-se no movimento e não nos indivíduos. O trabalho benfeito será recompensado, se não houve recompensa é porque não foi bem feito. O único pecado é o fracasso. O trabalho não é um valor em si, o esforço não dá acesso ao clube, apenas os resultados. As nações, os governos, os movimentos sociais e culturais, as ideias de justiça ou injustiça, tecnologia, motivação, rebeldia, são elementos da natureza humana com os quais e contra os quais você irá trabalhar. Transformar as forças da natureza em aliados, jamais analisar os fraquejos com piedade, mas sempre com raiva. Esquecimento é a palavra-chave. As coisas são o que são. A queda é a queda, pode-se cair milhares de vezes, milhares de vezes serás excluído, e a cada nova vitória serás admitido. A crença nos resultados é a única socialmente aceitável, independe da cultura, do país, do sujeito. Isento, portanto, de preconceitos, o resultado é o que oferecemos ao mundo, o caminho até ele é necessariamente individual e não compartilhável.

E o dinheiro é o resultado mais incontroverso do mundo. Todas as outras vitórias do espírito humano, intelectuais, emocionais, políticas, são vaidades. Ser reconhecido como grande filósofo, eleito governador, louvado como benfeitor da humanidade, construtor de obras fantásticas, vaidade, futilidades caras ao ego, dependem sempre do julgamento alheio e, portanto, dos modos e costumes de cada povo e época. O dinheiro não, é apenas um pedaço de papel reproduzido aos milhares, já nem papel é. É uma crença que nenhum indivíduo tem o poder de negar.

O sol organiza os raciocínios que me suportaram e conformaram ao longo da vida, mas, como cascas de um ovo quebrado, eles já não me tolhem ou alimentam, sinto-me no ar, quase só ossos, os músculos e a cartilagem foram minguando, o trajeto de um feto às avessas. Conto a história de nossa irmandade como fábula de um povo antigo, das terras médias onde os homens tinham pés de bode e fumavam cachimbo à noitinha. São mentiras o que escrevo sobre meu povo, porque não pertenço mais a povo algum, são mentiras porque tudo o que contamos do alto, esqueleto magro sugando matéria da terra, tudo que é escrito sem pertença é falso. Não reconheço mais a língua geral, não venci ou perdi, evaporei pesada. Impressões de viagem dizem sempre do viajante. Um balão colorido voa lá fora. Quase não dá para ver o cestinho, apenas as cores móbiles no sol.

39. BOLSO DO PALETÓ

Caminhei pela vila, ontem de madrugada. Foi bom respirar ar frio, mas me perdi na volta, caí e fiquei na neve mais tempo do que devia. Estou na cama, tiritando de febre e com o tornozelo inchado. Tento convencer meus filhos, sem dizer as palavras, que não me machuquei de propósito, mas a irritação de Gabi e a tristeza de Tomás evidenciam sua descrença.

Durante a separação, e nos anos seguintes, machuquei-me algumas vezes, tantas que hoje em dia qualquer distração, como a de ontem, suscita apreensão. O primeiro machucado mais sério dessa época foi quando já discutíamos sobre a separação estando ainda casados. Escorreguei numa rampa e machuquei o joelho, distendi um ligamento. Precisei ficar em repouso, com uma tala na perna. Era véspera de feriado de Finados e iríamos para a fazenda dos pais de Silvio em Minas. Resolvi não ir e ficar sozinha em casa. Há tempo sonhava com isso, minha vida inteira, acho. Ficar sozinha em casa, sem empregadas. Na casa dos meus pais todos viajavam e ainda havia gente, na minha também. Dessa vez não, fiquei três dias inteiros sem emitir ou ouvir som de voz humana, já que voz de televisão é outra coisa. No primeiro dia tomei coca-cola com bis no café da manhã, comi fora de hora, bebi o dia inteiro, andei pelada pela casa, deixei jornais espalhados no chão, não escovei os dentes e vi televisão até o nascer do sol. O primeiro desses três dias foi parecido com as primeiras vezes em que andei de ônibus. Alívio e liberdade. Duas semanas antes, nos meus afazeres de boa dona de casa e esposa atenciosa, mandara um paletó de Jorge para o tintureiro. Esvaziei os bolsos e, entre canhoto de cartão de crédito e tickets de estacionamento, achei um bilhetinho amoroso comentando a maravilhosa noite que passaram juntos.

Finados de 1998, quase três anos atrás e continua sendo difícil contar o que aconteceu. Meus irmãos batem na porta, toc-toc-toc, e lembro de uma musiquinha de um comercial de cobertores que eu adorava — o inverno malvado batia na porta, toc-toc-toc, e as criancinhas dentro de casa respondiam cantando, não adianta bater, que eu não deixo você entrar, as Casas Pernambucanas é que vão aquecer o meu lar. Vou comprar flanelas, lãs e cobertores, eu vou comprar, nas Casas Pernambucanas e nem vou sentir o inverno passar. Mesmo com a leseira boa da febre, similar à dos calmantes de então, hesito, cogito, resisto. Troco os nomes porque só assim perco as travas do afeto e da educação, consigo contar-me a verdade. Tenho dois irmãos e não falei deles. Provavelmente não falarei. Há muitas coisas que nem omitindo o nome eu consigo contar. Como, por exemplo, o ciúme.

Nesses dias de Finados e nos anos seguintes, eu vivi o ciúme que não sabia ter. Alma no curtume, veneno em cada gota de olhar, de voz, de ar. Andando, conversando, lendo, lá chegavam os pensamentos negros, o sorriso sedutor de Jorge para outra mulher, que eu nunca enxergava ou nomeava, lá vinha ele com seu passo bonito abraçar a sem nome e sem rosto, nuvens negras, a mão enorme que queimava meu peito, subia para a garganta e me sufocava enquanto conversava com a coordenadora pedagógica sobre os problemas escolares de Gabriela, conferia o troco no supermercado, ajudava Tomás a pesquisar sobre a revolução industrial, enquanto respondia para a juíza sim, eu queria matar Nicole. E foi tão intenso que corroeu completamente qualquer lembrança amável de Jorge.

Nas duas semanas após o bilhete amoroso, e antes do dia de Finados discutimos e trepamos todas as noites. Meu coração entendeu as imagens bíblicas de homens cobertos de cinzas, rasgando suas vestes, arrancando os cabelos. Eu não sabia o que estava acontecendo. Na véspera do feriado de Finados percebi que Jorge não ficaria mais, porque até então, apesar da dor e do desnorteio, eu lutara para que continuássemos juntos e não porque aceitaria o fato de não ter sido única durante esses anos, mas porque tudo não passara de um mal-entendido, porque na verdade aquele bilhete nunca fora escrito, nenhuma noite maravilhosa acontecera, e muito menos os outros casos que surgiram nas discussões naquelas duas semanas. Era um engano, um pesadelo do qual acordaríamos juntos para o mundo maravilhoso que tínhamos jogado fora, mas que estava lá, certamente estava, amassado em alguma lata de lixo, lambuzado de chiclete, borra de café e canhotos de cartão de crédito, mas que podíamos procurar, limpar, passar a ferro. Jorge, porém, manteve-se lúcido e honesto, é muito difícil, meu anjo, ser casado com uma depressiva. Enfim caí, rompi o ligamento, Finados chegou e fiquei sozinha por três dias. Não falar, não ouvir, não pensar.

No segundo dia, acordei ao meio-dia, de ressaca, e passei três horas com os ouvidos afundados na banheira ouvindo minha respiração. Tenho que me manter viva, tenho que me manter viva, um passo, outro passo, ar entrando, ar saindo, tudo vai passar, daqui a cem anos, mas vai passar, viver, viver, um passo, outro passo, não pensar, não pensar, não lembrar. E a nuvem negra atacando sem cessar, a grande mão apertando e soltando. Saí uma velhinha enrugada, pus a tala em minha perna e fui, toc, toc, toc, manquitola ver o estado da casa. Uma bagunça, jornais no chão, televisão ligada, copo sujo, xícara e pratos sujos, cobertor jogado de qualquer jeito sobre o sofá. Eu era mesmo uma desgraçada sem conserto. Liberdade então é isso? Ser irresponsável e porca? Ora, Mariana, vê se te enxerga, velha idiota, como pode querer que tenham algum respeito por você? Amor vá lá, que não se pode obrigar ninguém a sentir, mas respeito, mulher, respeito a gente conquista. A mão negra multiforme, onipotente e onisciente. Vê se toma jeito, mulher, ponha já uma roupa decente e vá arrumar essa bagunça, daqui a pouco as crianças chegam e aí, o que vão pensar? Tá pensando que é moleza? Oh, meu Deus, meu homem me abandonou, o que será de mim? Oh, coitadinha de mim. Se toca, criatura, o mundo é isso, acontece com todo mundo e ninguém fica se lamuriando por aí. Faxinei a casa inteira com o mesmo método que a banguncei. Fui dormir com a perna inchada.

No terceiro dia, acordei cedo e tranquila. Uma paz densa tomou conta de mim. A paz dos zumbis. Escovei os dentes, tomei banho, lavei o cabelo. Pus meticulosamente a mesa do café, toalha bordada, guardanapo de linho, louça de visita. Coei o café e o coloquei no bule de prata que havia areado no dia anterior. Janelas e portas abertas, a luz da manhã fazendo brilhar a louça limpa, uma brisa fresca trazendo cheiro do jasmim e eu comendo torradas com queijo Emmenthal, enquanto lia o Antigo Testamento. Punições para os pecados, apedrejamentos e morte, vingança, alimentos impuros, atitudes impuras, prescrições para os sacerdotes, apenas os sem defeitos poderão me oferecer alimento, mulheres impuras. Uma leitura piedosa. Louça limpa, seca e guardada, toalha dobrada, migalhas no lixo, comecei a trabalhar. Enquanto a água esquentava, separei perto do sofá da sala de estar o que havia sobrado de nossos presentes de casamento, um cobertor de alpaca, uma gravura do Volpi, o jogo de louça francesa — o de visitas —, e as roupas que havia ganhado de Jorge. Empilhei tudo na mesinha de centro, trouxe dois sacos de lixo, dos grandes, enchi a bolsa de água quente e sentei-me confortavelmente no sofá com a perna estendida sobre a bolsa de água quente e uma tesoura na mão. Antes coloquei cinco cds do João Gilberto no aparelho de som. Passei a manhã picotando milimetricamente as roupas, cobertores e colchas de piquet. Seda, lã, linho e algodão. As tramas cediam dóceis à tesoura afiada, era bonito de ver. Guardo uma boa lembrança dessa manhã. Doralice, eu bem que te disse que amar é tolice, bobagem, ilusão etc e tal e coisa. Os tecidos eram gostosos e soltavam fiapinhos minúsculos que a brisa de jasmim levava. Com a gravura do Volpi foi necessário desmontar a moldura com um martelo. Recortei as bandeirinhas como nas festas de São João, quando enfeitávamos a casa e fazíamos uma grande fogueira. Com a louça fiquei em dúvida. Trabalho é trabalho e tinha que fazer, mas estava tão boa a música e pensar no barulho de louça quebrando trouxe uma pequena angústia proibida naquele terceiro dia. Coloquei então os pratos de sopa, sobremesa e jantar, um de cada vez, e depois as travessas, xícaras e pires, dentro do lixo dos panos, sob os retalhos, e martelei um a um. Os lençóis, toalhas e outras coisas úteis que também vieram com o casamento, como a torradeira, eu fiquei com pena de jogar fora. Também na paz eu tinha método, não sabia como ficaria minha situação financeira dali para frente, e não queria arriscar ter que dormir em lençol de algodão vagabundo.

Jorge transformou-se num fantasma ambulante, visão que me encheu de terror e verdadeiro pânico, depois.

40. O JULGAMENTO FINAL

Mais de um ano após a morte de Nicole, a juíza proferiu seu juízo sobre minha culpa.

Assisti às três últimas audiências cada vez mais dopada e inchada. Seu Adolfo apareceu novamente em seu natural estado etílico e respondia de modo vago às perguntas, olhando sempre para Luiz. Titubeava e parecia assustado. Só depois eu soube que havia sido celebrado um acordo entre as partes, no processo civil que corria em paralelo, e ele, seu Adolfo, não entendia por que ainda havia processo se ele já tinha recebido dinheiro. Meu amigo Luiz, o franco, falava pausadamente, nos momentos adequados, com poucas perguntas a acrescentar às da juíza. O velho lembrava-se de muito pouco do acidente, mas repetia sempre que dona Mariana era muito boa pessoa, que tinha ajudado a finada Carlota muitas vezes, dado roupas velhas para a menina.

O moço do posto de gasolina também desdisse o dito na delegacia. Eu era uma senhora muito atenciosa, ele conhecia meus filhos desde pequenos. Só olhou para a rua depois de ouvir o ruído da queda da cadeira de Nicole, não ouvira som de freada. Se o sinal estava vermelho? Sei não, senhora.

Um especialista em carros hidramáticos garantiu que o movimento inicial de um carro parado numa rua com aquela inclinação — a ausência de aclive da rua era apenas impressão, na verdade era levemente inclinada, assim, a aceleração permanente do carro deveria vencer não apenas a inércia mas também uma pequena elevação — esse movimento era lento, o que, se tivesse acontecido, certamente teria sido percebido pela condutora a tempo de evitar a colisão com um objeto que estava presumivelmente a mais de um metro de distância.

O promotor foi bastante insistente, insatisfeito com as perguntas feitas a seu Adolfo e às testemunhas. A juíza parecia correta, também não estava satisfeita com o quadro que se formava. Atendia às solicitações do promotor e fazia novas questões, era incisiva.

— Senhor Adolfo, a roda da cadeira estava ou não bamba?

— Devia estar, senhora juíza, como saber?

— Eu que pergunto, senhor Adolfo, o senhor era o responsável por sua filha, o senhor deve saber. A cadeira já havia virado antes?

— Não senhora, virado assim de borco como virou não.

— Mas sua filha já tinha caído antes.

— Ah, muitas vezes, não é? Tinha dias que não parava quieta.

— E ela se machucou alguma vez?

— Dona juíza, eu não fui um bom pai. E Nicole não era uma boa filha. As pessoas ajudavam, quando ela caía. Não sei se machucava, ela não falava, não tinha como saber.

Como seu Adolfo sempre olhava para Luiz antes de responder, a juíza considerou que a testemunha estava sendo constrangida e pediu que o advogado de defesa se retirasse da sala. Após sua saída, a fala do velho ficou ainda mais confusa, olhava para mim, encontrava um buraco e se afligia, começava a dizer que eu sempre fora uma boa pessoa e, finalmente, a juíza reconheceu que não conseguiria mais nada. Não havia embate entre as palavras dos depoimentos, apenas esquecimento.

Na última audiência, a juíza já estava totalmente burocrática e o promotor desinteressado. A prática mandava que eu fosse interrogada ainda uma última vez.

— A senhora acredita que seu carro bateu na cadeira de rodas de Nicole, ocasionando sua queda?

A paz densa do terceiro dia de Finados estava novamente comigo, auxiliada por uma alta dose de calmante e, sobretudo, por um raciocínio que apenas o sofrimento continuado é capaz de gerar, que atribui poder de cura à verdade, à sua revelação. Apenas quando a verdade brilhar serei livre da dor. E a verdade, nesse caso, não tinha relação com meus atos, mas com minhas intenções pecaminosas. A confissão era a única salvação para o meu tormento.

— Sim, senhora juíza, eu acredito que meu carro derrubou a cadeira de rodas de Nicole.

A juíza anunciou uma pausa. Permaneci sentada, balançando o tronco para frente e para trás, como um judeu ou árabe lendo o livro sagrado, eu orava em silêncio. Sim, senhora juíza, olhei meu coração e estou convencida de que matei intencionalmente Nicole. Eu estava tomada por um sentimento ruim e achei que tinha o poder sobre a vida. Nicole não merecia continuar vivendo naquele estado de abandono e humilhação. Nenhum ser humano ou animal, nenhuma criatura de Deus deve ser obrigada a viver dessa maneira, exposta ao desdém dos homens. Isso não está certo, dona Carlota sabia que isso era errado. Foi assim, senhora juíza.

Fui julgada inocente.

III. FECHO

SEGUNDA-FEIRA

Mau humor cão. Sonhei pesadelos. Estava em Paris, sozinha, tudo era difícil. Ruas íngremes, ladeiras sem fim e desertas, apenas prostitutas. Precisava marcar uma endoscopia, mas onde achar o laboratório? Como é um laboratório em Paris? Tem placa? Fica num prédio, ou é na rua? Estava sozinha, lojas e escritórios e estabelecimentos comerciais abertos, mas eu não era atendida. Não tinha a senha, não sabia algo ou não era. Subia e descia e as únicas pessoas que também zanzavam eram as prostitutas. Queria comer um croissant, sentia o cheiro, mas onde estavam os cafés? O mundo estava acontecendo, mas eu não tinha a senha.

Ontem minha mãe ligou para saber como estou. Meu irmão está em Paris e deve embarcar no mesmo voo em que voltaríamos ao Brasil, no domingo, Zurique-Paris-São Paulo. Sete dias, sete dias menos essas horas que já foram. No sonho, meu irmão falava muitas coisas, explicando a lógica do mundo, mas eu parava no meio. Irritava-me, eu não entendia nada. Minha mãe, meu irmão e eu estamos juntos em Paris, ele diz que está estressado, pode estar doente, tem fome. Minha mãe preparou para ele uma mesa com café, geleia, mel e croissants. Fala suave e diz que já marcou uma endoscopia para ele fazer naquela tarde. Eles mal chegaram e já conseguiram, eu andei tanto e sequer achei o lugar.

Acordei irritada. Acordei por causa do barulho de Gabriela e Carolina rindo muito alto enquanto se atropelavam escada abaixo. Gabi caiu e começou a berrar. Pulei da cama e, enquanto apalpava seu braço e ela urrava, a figura de minha mãe acocando meu irmão cansado ainda ocupava um pedaço quente do meu cérebro, uma imagem palpável como uma sucuri me apertando a cabeça. Gritei.

— Pelo amor de Deus, Gabriela, para com esse escândalo, não está vendo que não foi nada?

Ela parou de repente e só então despertei de fato. Não tinha sido nada mesmo e elas logo saíram para o esqui, mas a quentura ruim na cabeça ficou. Deitei de novo para relembrar o sonho, ver o que faltava lá dentro para ser arrancado, para aliviar esse aperto. Agora passou, depois de escrever. Não foi nada, só um sonho ruim. Era só a senha, a chave da porta que eu não tinha. A porta da chave, na verdade, que eu não achava. Com minha mãe perto, as casas têm portas que podem ser abertas, mas sem ela é tão cansativo. Ladeiras e ladeiras, de que adianta ter as chaves, um molho delas, se não enxergo as portas?

Achei que a proximidade do fim traria quietude. Mas não. Estou aflita, penso na volta. Uma cerveja antes do almoço é muito bom para ficar pensando melhor. Álcool no peito afasta a queimação do meu desacolhimento nas ruas de Paris. Na fazenda, quando eu era pequena, meus primos e irmãos brincavam de atirar com uma espingardinha de chumbo do filho do administrador. O filho do administrador era mais velho e sabia das coisas. Eu era a única menina e ficava de fora, quando o filho do administrador, que sabia das coisas, chegava com sua espingardinha de chumbo. Banditismo por uma questão de classe. E de sexo. Eu queria ser menino e não a maria bonita do filho do administrador, que era mais velho e mais forte. Eles mataram um passarinho e eu fiquei brava. Meus primos ficaram felizes quando acertaram o passarinho, mas também se assustaram quando viram o corpo quente do passarinho dando os últimos tremeliques. O filho bonito do administrador gargalhou e foi logo levando o bando para mais tiros. Eu peguei o passarinho e passei a tarde toda brincando de enterro de passarinho. Arrumei uma caixa de sapato e, com Lurdes, a costureira, arrumei um pano preto com bolinhas brancas, resto de um vestido de poá da minha tia, e lavei o passarinho e, com uma pinça, tirei os chumbinhos e cobri seu corpinho só pena com um lenço branco de cambraia, e o enterrei na margem do riacho onde brincávamos de corrida de barquinho de papel, quando o filho bobo do administrador não estava lá. Coloquei uma cruz sobre a cova e pedi a Deus que castigasse o filho besta do administrador. Nos outros dias das férias, sempre que passávamos, a pé ou a cavalo, por aquele ponto do riacho, eu lembrava de minha piedade.

Na tarde do enterro, eu não queria ser menino. Via o passarinho que não poderia mais voar e olhava os outros passarinhos voando, e pensei que uma caixa de papelão com pano era melhor que madeira com verniz, porque assim logo o passarinho ia virar terra, comida de minhoca que outro passarinho comeria e pronto, lá estaria ele de novo passarinho. Eu pensava, antes de pensar na minha própria morte, eu pensava nesse fechamento de ciclo, do retorno à carne da terra. Mas agora. Agora é tão irrelevante ser enterrada, congelada ou cremada frente ao medo. Medo tão grande que não.

TERÇA-FEIRA

Como fazer? Faca, bala ou relógio? Cair não será suficiente. Sou leve demais para uma morte acidental. Gabriela rolando escada abaixo. Não foi nada, não há de ser nada.

Pudor de arrumar confusão no estrangeiro.

Jamais senti por Nicole, apenas por mim. Mesmo as saudades de Cláudia são, na verdade, saudades de Marina Morena.

QUARTA-FEIRA

Acordo em pânico. Mais um pesadelo.

Minha mãe — uma velha com cara de criança loura e bochechas rechonchudas vermelhas, com apenas dois dentes moles na boca — na cama, morta. Eu, Tomás menino pequeno e mais duas mulheres em volta, todos tristes. Eu digo a Tomás:

— Venha beijar a vovó, dizer adeus.

Enquanto ele a beijava, digo:

— Beije mais forte, mais forte, ela vai voltar a viver.

Tomás beija-a muito apertado e ela começa a abrir os olhos. Tomás some e minha mãe levanta o tronco, com os dentes moles na boca e um olhar vago, meio desesperado, que dirige à mulher que estava à minha direita. Eu grito:

— Ela está vivendo, ela vai viver!

A mulher, enquanto se aproximava de minha mãe para beijá-la, dizia, ou era eu que pensava?

— Se ela viver ficará boba, débil mental, seu cérebro já ficou muito tempo sem oxigênio.

A mulher a abraça e enfia-lhe uma faca nas costas. — Não!, eu grito, a mulher arranca a faca ensanguentada e minha mãe desmorona na cama. Eu vou para cima da mulher que está petrificada, ela solta a faca que cai de ponta no meu pé descalço, cortando-o ao meio. Eu avanço e lhe mordo o queixo, arrancando um pedaço de carne com muito sangue.

Eu estou viva. Ainda estou aqui. Quero estar. Mordi a carne e o sangue, meu pé partiu-se ao meio. Minha mãe morta, estou aqui.

QUINTA-FEIRA

Decifro minha letra torta num dos últimos papéis da mala azul e dura. Agora ela está leve e a casa quente, jogo na lareira o que já ficou nesse caderno. Escrevi há dois anos, logo após o fim do julgamento.

Chega, chega, chega! Arre! Xô, sai, sai, agora, já! Não aguento, não aguento e não aguento! Vamos parar com isso? Não, é sério, vamos terminar a brincadeira? Não posso mais, juro, não posso. Não quero. Alguém me ajude, por favor, eu estou pedindo, alguém me ajude, não consigo. Jorge, meu amor, meu doce, meu querido, onde você está, onde você foi parar? Mãe, mamãe, por favor eu preciso de você. Eu preciso tanto, tanto. Mas não posso ser assim. Não pode ser assim. Assim eu não suporto. Eu sei, eu sei, eu fui má, eu sou ruim, mas não consigo ser boa. Por favor, deixa assim, deixa assim, mas chega perto, deixa eu ficar quietinha, fica perto, me abraça, me segura com força, me machuca, me marca, assim, bem apertado, bem apertado. É muito pesado meu corpo, meus braços, minhas pernas. Está tudo solto, tudo destrambelhado. Meus cabelos, eu puxo meus cabelos, unho minha cara, soco minhas coxas, tento arrancar as orelhas. Está tudo solto, mãe, está tudo fora de lugar. Tenho muito frio, muito muito muito frio. Mordo meu braço, sangra, dói, mordo mais. Preciso do fora de mim, não aguento dentro. Ai, meu Deus, que ódio, que ódio. Jorge, filho da puta, onde você está? Eu vejo, eu sinto e eu não quero. Eu não quero ver nada. Não quero ver o riso para aquela mulher, a mão forte dentro das coxas dela. Eu vejo, e vejo de novo, e volta. Parem, parem que eu quero descer. Vou embora. Puta que pariu, puta que pariu, puta que pariu, merda caralho. Viado! Viado! Pai nosso que estais no céu, santificado seja vosso nome, venha a nós o vosso reino, seja feita a vossa vontade, assim na terra como no céu. O pão nosso de cada dia nos dai hoje, perdoai-nos as nossas ofensas assim como nós perdoamos a quem nos tem ofendido, e não nos deixeis cair em tentação, mas livrai-nos do mal, amém. Virgem Maria, mãe de Deus, cheia de graça o senhor é convosco. Rogai por nós, rogai por mim, peça, implore, mãezinha, implore por mim. Bendito seu nome entre as mulheres e bendito o fruto de vosso ventre, Jesus. Jesus, jesus, usu, usu, asa, isinho, pequenininho, eu sou pequenininha, vinde a mim os pequeninos, tô aqui. Não vê?

Vai embora, vai embora. Passa fora, passa, passa. Não quero ninguém, nada, vão embora todos, saiam agora. Tudo que eu toco quebra. Quebro o telefone, arrebento a televisão, tranco todas as portas. Esmurro o armário, arrebento as almofadas, rasgo o lençol. O lençol, a fronha, a camisola. Vou fazer uma fogueira de roupas. Todas elas. Uma pira sobre o colchão. Vou queimar a casa, vou arder no inferno.

Ouço passos. Eles se aproximam. Descobriram tudo. Arrasto a cama contra a porta, me escondo debaixo do monte de roupas. Sou um trapo também. Tudo rasgado, toda rasgada. Vou ficar quietinha, eles passam e vão embora. É só um sonho ruim, é só um sonho ruim, querida. Eles batem na porta, mas vou ficar quietinha, pequenininha. Escrevo aqui debaixo dos panos, agachadinha, escondo tudo. Escrevo com letra de menininha, assim eles vão pensar que sou uma menininha. Escrevo assim grande, redondo, letras de mãozinhas dadas. Só pode cortar o t e pingar o i depois que terminar a palavra. Papai, mamãe, quem é que vem? Quem está chegando, mãe? Por que fazem tanto barulho? Pede para eles pararem, mãe, eu estou com medo. Faz eles irem embora, pai, eles vão me pegar, eu não quero.

Eles entraram. Minha mãe e Milu. Eu estava encolhida, nua, debaixo das roupas rasgadas, rasgada, dura, tremendo. Deve ter sido uma visão feia. Não me lembro. Apenas desse escrito e dos olhos arregalados das duas. Lembro que tremia de frio e não conseguia sair daquela posição, nem soltar a caneta e o caderno.

Não quero mais reler quem fui. Esse tipo de memória fixada na escrita não me interessa mais.

Tenho medo de dormir. São cinco da manhã e não quero sonhar de novo.

SEXTA-FEIRA

Pensei que não falei de. Tanta coisa. Vim andar de manhã bem cedo. Sete e meia da manhã e ainda estava escuro com estrelas no céu. Nasceu um dia neon, é curioso o efeito da neve refletindo a luz da manhã. Há muita névoa e a luz parece vir de baixo, numa potência que cega e não alimenta nem cria.

O efeito do sol e do frio foi bom sobre meu espírito insone e bêbado. De qualquer maneira é natureza e é grande, nos coloca no devido lugar, nenhuma tristeza é maior que o sol, nem mesmo a morte. Caminhei por uns quarenta minutos até a vila aqui embaixo. Os cafés começaram a abrir e as crianças a aparecer nas ruas. Tomei chá preto numa mesinha de varanda defronte à praça onde uma moça jovem e bonita acudia a filhota que havia tropeçado e caído no chão. A mãe arrumava sua filhinha enquanto dois meninos maiores brincavam em volta. A mãe amarrava o cadarço da botina da filha e eu não conseguia ouvir a conversa, mas era como se ouvisse. Elas riam e a moça falava pertinho do ouvido da menininha, sua voz fazia cosquinhas, sua fala devia ser sobre os meninos e era provocativa, uma cumplicidade simples e alegre de mulheres falando de homens. A menina mexia as mãozinhas rechonchudas enquanto falava, enxugava as lágrimas que já não existiam e explicava alguma coisa com um tom adorável que ainda não se sabe. A mãe divertia-se com a filha e demorava com os cadarços da botina, com os botões de metal do casaquinho verde tirolês. Pedi uma cesta de pães. Há quanto tempo não como nada sólido? Não tinha fome, pareço estar permanentemente estufada. Mas hoje o cheiro dos pães foi bom, trouxe lembranças de aconchego. O ar da manhã na montanha dá uma dorzinha nas narinas quando respiramos, até o cigarro pesa menos.

Pedi o pão em alemão. Não é necessário, todos falam muito bem inglês e até preferem falá-lo quando veem que você é estrangeiro, como um sinal de cordialidade e distanciamento. Com meus traços e cor do sul sinto que soa ofensivo aos ouvidos suíços um alemão correto. Não gosto de provocá-los em sua germanidade, têm lá seus motivos de vergonha e orgulho que não transpiram quando a língua em que nos oferecem o pão é o inglês ou o francês. Mas hoje estava absorta no riso daquelas mulheres, na sensação de cansaço físico e fome que há tanto não tinha, e acabei falando alemão. Em casa meus pais falavam alemão quando não queriam que entendêssemos, cantavam música de ninar em alemão e talvez a língua amorosa deles fosse o alemão.

Pedi o pão em alemão e encontrei algo dentro de mim. A manhã, a caminhada, os cheiros, a malícia no rosto da menininha, o alemão como língua natural, o gosto de pão e o crocante dos cereais, lá dentro alguma coisa foi desarmada, respirei fundo. Quando voltei a abrir os olhos, havia mais crianças na praça. Elas brincam enquanto os pais acabam o café ou pegam os equipamentos de esqui. Grupos de meninos separados dos grupos de meninas. Alguns soltos. Uma menininha de jaqueta azul, mais ou menos com oito anos, calça colante colorida, anda sozinha pelos brinquedos feitos de toras de madeira que formam torres, pontes e casinhas elevadas. A menininha de jaqueta azul fala e gesticula como se houvesse outras pessoas na brincadeira. Sua caricota é séria, de vez em quando para com a boca aberta olhando os bondinhos do lift que começam agora a subir a montanha ao fundo. Sua boquinha aberta é tão vermelha, tão carnudinha e pequena, uma forma perfeita desenhada na pele rósea e macia.

Parece que há muito tempo não satisfaço um desejo, porque não tinha desejos, achava que não. E o pão preto que pedi em alemão entrando em meu corpo vai criando desejos além da fome. E o alemão que me ouvi falar deixou um eco grave, criando uma senhora grande, estrangeira, sem vínculos e por isso poderosa e voraz. Estou aqui na mesa escrevendo e fumando. Na brincadeira da menina as outras crianças desaparecem e vários personagens surgem. Alguém que recebe dinheiro e lhe entrega um pacote, alguma mercadoria que ela aponta com o dedinho nas prateleiras atrás do velhinho imaginário com óculos e meio curvo. Deve ser um velhinho baixo e curvo porque demora para pegar o produto indicado, precisa subir numa escada e tudo é demorado, a boquinha se fecha e o rosto balança condescendente. Para dar o troco também há demora, o pezinho gracioso, numa botina de camurça castanha forrada de pele, bate impaciente no chão. Mas é uma menininha educada, agradece com uma reverência e sai para a rua. Apressa-se, precisa recuperar o tempo perdido. Percebo a cintura por baixo da jaqueta azul que cobre também sua bundinha que imagino macia e branca, quase ainda sem separação das coxinhas fortes. A perna é firme, nesses seus passos atarefados, e fica ainda mais realçada sob a calça colante com colorido psicodélico que termina na canela fina dentro da gola de pele da botina.

Peço um capuccino, quero queijo, quero sentir o cheiro de leite que tanto me enjoou esses dias. Quero mastigar coisas duras e beber o quente meloso e não o gelado ácido da vodca. Acendo um cigarro e trago fundo, posso tudo e preciso de pouco. Café, leite, pão, queijo, cigarro. Ar frio, céu azul com sol e garçons suíços adequados. Estou adequada. Roupas escuras e quentes, como com a boca fechada e bebo sem fazer barulho, devagar. Peço um cinzeiro para não jogar cinza no chão. A garotinha entra em casa, coloca o pacote sobre a mesa e limpa o suor inexistente da testa. Senta-se e olha a montanha, o movimento dos esquiadores coloridos leva seu olhar. Ela está sentada no chão da varanda de uma das casas suspensas de madeira colorida. Seus pés balançam no ar enquanto olha a montanha. Seus pés balançam, balançam, meu olhar está lá, no ar que os pés balançam. Começo a ficar com sono, não posso deixar de ver a menina. Em que está pensando, que personagens ainda sairão para fora? Meninos, meninas, nenês, mães e pais estão na praça falando, andando, passando por ela. Mas só existe silêncio à sua volta, povoado de ruídos e vozes que não posso ouvir. Distraída ela se espreguiça levantando os bracinhos e deixando ver o final da calça colorida e o início de sua coluna. A pele é quase transparente debaixo das roupas, as veias azuis, vontade de acompanhar com meu dedo os seus caminhos. Ela se dependura numa barra e, colocando uma mão na frente da outra, sempre dependurada, vai para a portinhola da varanda que dá na escada. Sua barriguinha fica de fora e desejo senti-la, pegar a menina no ar pela cintura branca transparente e girar com ela rindo enquanto a coloco no chão, como faria a mãe jovem da menina dos cadarços soltos e do casaquinho tirolês. Não é verdade, não seria como a mãe jovem, não seria como mãe. Ela se vira e escorrega para baixo pelo corrimão. Quando chega no chão sua calça entrou para dentro, o risquinho no meio das pernas é nítido. A menina se ajeita, a menina se sabe. Não é verdade. Ela quer, é diferente. E eu?

Enquanto se ajeita, minha menina olha na direção das mesas. Para quando o olhar encontra alguém que deve ser sua mãe. Está numa mesa com duas outras moças. Tem o cabelo descolorido e curto, é muito magra, encovada e pálida. Fala gesticulando brusco com o cigarro entre os dedos. Seus dentes são escuros como as pontas dos dedos que seguram o cigarro. Falam francês, mulheres de trinta anos falando mal da vida e olhando os homens que passam. Minha menina tem cachinhos castanhos e o cabelo cortado na altura do ombro, sua pele branca é rosa. Ao olhar a mãe, se assegura e se envergonha. Ficará lá, mesmo quando todas as crianças já tiverem ido embora. Temos mesmo motivos para ficarmos envergonhadas daquela moça falante e desleixada. Parece que bebe e não deve ter dormido à noite, tem olheiras. Veste uma roupa preta e velha, muito velha. Todos aqui vestem-se coloridos e estufados. Todos são saudáveis e alegres. Essa moça chega a ser agressiva com esse seu jeito desmilinguido. A minha menina pensa em acenar, chega a levantar o bracinho, mas então a mãe dá uma gargalhada alta, feia com seus dentes nicotinados, virando a cabeça para trás e a menina, a minha, abaixa o bracinho e a cabeça, seus cachos castanhos pendem para o chão escondendo o rostinho sério. Com as mãos cruzadas nas costas e a cabeça baixa vai arrastando devagar as pontas dos pés. Não como uma menina birrenta ou nem mesmo triste, mais como um filósofo alemão melancólico. As mães são sempre tão erradas, sempre fora de lugar e de hora.

Heloisa, assim vou chamá-la, um nome redondo e triste. Heloisa sobe a escada de marinheiro e entra novamente em sua casa. Desembrulha o pacote, amassa o papel e pega na gaveta um abridor de lata. Gestos velhos. Abre a lata que estava no pacote e despeja seu conteúdo num pratinho no chão. Agachada, chama o gatinho roçando seus dedos e fazendo um biquinho. Ele deve ter chegado devagar e ondulante. Acho que está se esfregando em suas pernas, Heloisa passa as mãos nas coxas e joga o rostinho para trás com os olhos pestanudos fechados e a boca semiaberta, tipo mulher em revista pornográfica. Não faça assim, por favor. Ela continua a se agradar fazendo caras e bocas de mulher burra. O gatinho começou a comer e ela o agrada agora com um ar maternal e também caricato. Vira o rostinho de lado e vai fazendo bicos que fazemos para nenês, gugu dadá. Seus agrados viram beliscõezinhos que a divertem. O gato arranha Heloisa. Ela tira a mão rapidamente, enfurecida. Chupa o pulso onde deve estar o arranhão enquanto olha para o gatinho que continua a comer. Agarra-o pelo cangote e sai andando rápida, balançando o gato. Escolhe um canto da varanda mais distante da mesa da mãe, coloca o gato em seu colo e prende suas patas de alguma forma que não consigo entender. Percebo que há resistência do animal e ela se contorce para prender as patas dianteiras sob suas pernas enquanto segura as traseiras com as mãos. Heloisa sentou-se apoiando as costas na parede da casinha, as pernas esticadas sobre o chão de tábuas, em seu colo, nas suas coxas, está o gato que começa a ser surrado. Heloisa bate com força em si mesma, para, observa com severidade e prazer o gato malvado, inicia novamente os tapas e socos. Acho que o animal mia, Heloisa olha em volta assustada e lhe dá um tapa no focinho. Minha garotinha de cachinhos castanhos e lábios vermelhos sangue, pequena Heloisa de sobrancelhas franzidas, que tristeza enorme. Meu claro e meu escuro. O gato desaparece e seus olhos águam. A pernas socadas devem doer, ela se massageia e algumas lágrimas escorrem. Heloisa se encolhe, deita de lado, as pernas encolhidas e a cabeça próxima ao joelho, com o dedo na boca parece que adormeceu.

Peço a conta em inglês, o gosto talhado do leite volta à boca. Vou de táxi para casa.

SÁBADO

Andorinha presa no muro, alimentando-se do vômito das maquininhas de matar e doar.

Eu, esqueleto de mim, vaguei essas três semanas alimentando-me do já mastigado. Reescrevendo-me. Até mesmo pedir o pão em alemão foi uma maneira de mastigá-lo antes de meus dentes rasgarem sua matéria. Apenas agora, com diários, pastas, fichas, textos e livros queimados poderia começar a escrever minha história. Livre da escrita. Agora que acabou posso começar, respiro, tenho oxigênio.

O que surge na luz não é a mesma coisa que dormia na noite. A luz cria. Mas descubro que não é apenas a do sol, também a da lua, do lustre, a luz que meus olhos refletem.

; eu posso escrever.

MADRUGADA DE DOMINGO

As malas estão prontas, a vermelha e a azul, mas abertas. Ainda está escuro, as máquinas do lift desligadas. O caderno acabou, comprei outro e outro e outro, nem todos azuis, com a capa dura. O último está no meio, a pena do meu avô já não dói.

Enquanto arrumava as malas, a azul vazia de papéis e cheia das roupas amarrotadas de Gabriela e Tomás, enquanto arrumava as malas ouvi as vozes de minhas avós, mortas. Primeiro vó Consuelo. Foi um pensamento que nasceu em mim — para que tanta roupa? — que se transformou na sua voz agressiva e muito velha, tão ardida e real que me assustei e virei-me para encontrá-la — que desperdício idiota, roupa demais, amassada e suja demais, e essa menina cabeça oca. Tome tento, minha neta, tome tento, se não põe o freio agora vai pelo mesmo caminho da mãe, vai tudo para o beleléu. Meu coração disparou, fiz confusão, muita confusão. Medo da minha avó, muito medo do lugar de onde ela falava nítido e com a mesma amargura da vida, medo de mim, medo do que já plantara em Gabi, aquela voz afiada e incomensuravelmente sem saída. Respirei fundo, temi por Gabriela e pressenti. Os fantasmas continuariam lá, no solo, comida de minhoca, sendo sugados por nossa árvore que não para de crescer. Tinha sido uma alucinação auditiva, eu sabia, mas também não sabia, parecia verdade e, ao mesmo tempo, sonho, como se a voz — vai tudo para o beleléu, Mariana — fosse apenas a lembrança possível de uma cena maior e pior. A confusão era barulhenta, o sangue parava, corria, parava. Tomás e Gabriela, carregados de discos e livros, entraram no quarto onde eu, agachada, olhava a mala aberta e ouvia meu sangue.

— Ainda tem espaço, mãe? Nossas malas estão estourando, não cabe mais nada. Você está com os passaportes?

Olhando-os de baixo, agachada, eles eram tão altos e vivos. Saíram, e na lufada que partiu com eles entrou a voz baixa e educada de minha avó Constancinha. — Mariana, Mariana. Era doce a voz, mas não me queria bem.

Abri a porta para mim e vim para a neve. Está frio e já é madrugada. No meio da pista vazia, de um lado as casas, a estrada silenciosa, do outro a floresta e seus não ruídos, nenhum passarinho fez o ninho aqui perto e não há caminhões que lembrem o mar. Ainda é noite mas não está escuro, a lua nos ilumina.

Meus joelhos tremem sem dobrar-se; minhas mãos se buscam sem juntar-se; meus olhos se erguem e não distinguem nada. Conservo ainda esse orgulho vertical, meu repúdio ao auxílio, minha renúncia ao fim, minha inquietude inconsolável.

Luares claros a buscar o auxílio.
Para os meus olhos, confusão pasmosa.
Ai, desatino!
Ai, meu penar!
Ai, velho medo! Sombra e malpassar!

Ouço a cantiga e a música chega forte e incontrolável, olho em volta procurando os bumbos e as fitas coloridas dos cantadores. Bate mais alto que meu coração. A vibração vem do chão, me transpassa e me levanta. Música onde nem passarinho canta.

NOTA DA AUTORA

Algumas expressões e frases deste livro são citações de outros autores. Na primeira edição não explicitei a autoria por entender que a apropriação de textos alheios é uma característica importante da narradora desta história. Se isto é fato, por outro lado, finda a história, cabe à autora devolver o que conscientemente tomei emprestado. Aqui vai:

p. 33: "com caco de telha, com caco de vidro" (Luiz Melodia, na música "Farrapo humano");

p. 85: "Viola, forria, amor, dinheiro não" (Elomar Figueira Melo, na música "Violeiro");

p. 112: "carecem de espessura" (E. M. Cioran, no trecho "Variações sobre a morte", capítulo "Genealogia do fanatismo", do livro *Breviário de decomposição*, tradução de José Thomaz Brum, Rio de Janeiro, Rocco, 1989);

p. 119: "A prática da dúvida não se adquire em poucos dias ou escassas semanas" (Søren Kierkegaard, no "Prólogo" de *Temor e tremor*, tradução de Maria José Marinho, *in Os pensadores: Schopenhauer e Kierkegaard*, São Paulo, Abril Cultural, 1974);

p. 133: "pânico mal dissimulado" (Caetano Veloso, na música "Haiti");

p. 146: "uma cerveja antes do almoço é muito bom para ficar pensando melhor" (Chico Science, na música "A praieira");

p. 163: "Meus joelhos tremem sem dobrar-se; minhas mãos se buscam sem juntar-se; meus olhos se erguem e não distinguem nada. Conservo ainda esse orgulho vertical" (variação de um texto de Cioran, no trecho "Desaparecer em Deus", capítulo, livro e tradutor citados acima. O texto original é o seguinte: "Nossos joelhos tremem sem dobrar-se; nossas mãos se buscam sem juntar-se; nossos olhos se erguem e não distinguem nada... Conservamos este orgulho vertical que confirma nossa coragem;");

p. 163: "Luares claros a buscar o auxílio. / Para os meus olhos, confusão pasmosa. / Ai, desatino! / Ai, meu penar! / Ai, velho medo! Sombra e malpassar!" (Antonio Nóbrega e Wilson Freire, na música "Canudos").

SOBRE A AUTORA

Beatriz Bracher nasceu em São Paulo, em 1961. Formada em Letras, foi uma das editoras da revista de literatura e filosofia *34 Letras*, entre 1988 e 1991, e também uma das fundadoras da Editora 34, onde trabalhou de 1992 a 2000. Publicou *Azul e dura*, seu primeiro romance, originalmente em 2002, pela editora 7 Letras, seguido de *Não falei* (2004), *Antonio* (2007) e o livro de contos *Meu amor* (2009), todos pela Editora 34. Tem textos publicados em várias antologias e revistas culturais. Em 1994 escreveu com Sérgio Bianchi o argumento do filme *Cronicamente inviável* (2000) e, mais recentemente, com o mesmo diretor, o roteiro do longa-metragem *Os inquilinos* (2009), prêmio de melhor roteiro no Festival do Rio 2009. O romance *Antonio* obteve em 2008 o Prêmio Jabuti (3º lugar), o Prêmio Portugal Telecom (2º lugar) e foi finalista do Prêmio São Paulo de Literatura. *Meu amor* recebeu o Prêmio Clarice Lispector, da Fundação Biblioteca Nacional, como melhor livro de contos de 2009.

Este livro foi composto em Minion
pela Bracher & Malta, com CTP e
impressão da Prol Editora Gráfica
em papel Pólen Soft 80 g/m^2 da Cia.
Suzano de Papel e Celulose para a
Editora 34, em janeiro de 2010.